이제 일어나서 가자

1

강태근
장편소설

작가의 말

아픔도 가꾸면 반짝인다

이 소설은 장편 『잃은 사람들의 만찬』과는 또 다른 대한민국의 슬픈 자화상이며, 나의 해원(解冤)의 간증이다.

나는 한 광신도가 휘두른 광기 어린 칼날에 삶이 만신창이가 되었다. 그는 유신정권의 연장 수단으로 제정된 교수재임용법의 흉기를 들고 무참하게 나와 가족의 삶을 난도질하여 고통의 나락으로 밀어 넣었다. 그 22년의 질곡의 세월 동안, 〈세상은 오히려 종교가 없어져야 세계 평화가 올 지경으로 종교 때문에 인간 삶이 피폐해져가고 있는 것이 아닌가〉 하는 의구심을 떨쳐버릴 수 없었다.

〈누군가 망상에 시달리면 정신이상자라고 한다. 다수가 망상에 시달리면 종교라고 한다.〉 '로버트 피시그'의 이 말도 많은 것을 생각하게 했다.

지금 이 나라는 또 어떠한가? 세월호 참사가 난 이래, 헌정 사상 유례없는 대통령 탄핵 사건을 겪으면서, 대한민국을 혁신해야 한다는 목소리가 분출했다. 세월호 이전과 이후가 완전히 다른 나라를 만들겠다고 정치인들의 약속이 쏟아졌다. 그때의 다짐과 약속은 얼마나 지켜졌고 얼마나 달라졌는가? 아무도 달라지지 않았고 아무것도 제대로 바뀐 것이 없다. 북미회담과 남북문제와 정쟁으로 나라는 여전히 혼란 속에 신열을 앓으며 미로를 헤매고 있다.

〈조선 사람들은 화를 잘 낸다. 모욕을 당하면 곧 팔을 걷어붙이고 일어난다. 그러나 그 성냄이 얼마 안 가서 그치고 만다. 한번 그치면 죽은 뱀처럼 건드려도 움직이지 않는다.〉 량치차오(梁啓超)가 '조선 멸망의 원인'이란 글에서 우리 민족성을 비판한 말이다.

달라져야 한다.
아픔도 가꾸면 반짝인다. 이제 일어나서 사랑과 용서와 화해의 횃불을 들자. 새벽이 오려면 어둠이 더 짙은 법. 새벽은 분명 우리 민족의 앞으로 뚜벅뚜벅 걸어오고 있다.

차례

그 해 겨울

1

『바알의 만찬』 아니야, 이 제목은! 일반 독자들에게는 너무 생경해!'

강청(姜淸)은 교정본 원고에서 눈을 떼고 창밖으로 시선을 던진다.

밖은 아직 한겨울이다. 연구실 북쪽 창문과 마주하고 있는 뒷산의 소나무들이 며칠 전에 내린 폭설을 뒤집어쓰고 어깨를 축 늘어뜨리고 있다. 평년 기온 같으면 벌써 강추위가 물러설 때다. 그런데도 겨울은 이월의 끝에서 여한을 풀지 못한 원귀처럼 앙탈을 부리며 뒷걸음질을 치고 있다. 바람까지 매섭다. 봄은 그 서슬에 동(冬)장군의 눈치를 살피며 연신 헛기침만 해대고 있다.

강청은 다시 인터넷에서 발췌한 '바알'에 대한 주석을 살핀다.

바알(Baal)은 주(主)라는 뜻이며 농업공동체였던 고대 가나안인들이 풍요와 다산의 신으로 숭배하던 풍요와 폭풍우의 남성신이다. 그의 아버지는 최고의 신인 엘(El), 어머니는 바다의 신 아세라였다. 하지만 가나안의 특징 때문에 엘보다는 바알이 숭배되었다.

구약성서에서는 바알신앙과 야훼신앙이 경쟁관계였음을 짐작하게 하는 내용들(엘리아 예언자와 바알의 예언자들 간의 갈멜산에서의 내기)이 나온다. 이와 관련하여 야훼신앙은 목축국가에서, 바알신앙은 농경국가에서 숭배되었다는 점에서 농경문화권과 목축문화권의 대결로 보는 견해가 있다. 이후 야훼신앙과 대립한다는 이유로, 기독교 문화권에서는 바알이 마왕이나 악마, 지옥의 군주 등 사악하고 타락한 존재로 묘사되어왔다.

강청은 잠시 생각에 잠긴다. 바알! 그가 바알인가, 내가 바알인가! 그의 관점에서 볼 때는 내가 바알이 아니었던가. 그 때문에 나와 내 가족은 20여 년 동안 생존의 끈을 붙들고 처절하게 신음하지 않았는가. 20여 년의 세월이 지난 지금 분명한 것은, 그는 이 세상에서 사라졌고, 나는 아직 남아 있다는 것이다. 그리고 나는 그 질곡의 세월을 소설로라도 해원(解冤)하지 않고서는 심화(心火)를 다스릴 수 없어 이 작품을 쓴 것이 아닌가.
강청은 착잡한 심경으로 다시 교정본의 원고를 훑어 내려간다.

그의 실직은 정말 뜻밖이었다. 그가 봉직했던 대학은 이사장의 광신적인 횡포로 악명이 높은 학교였다. 그는 반공포로 시절 수용소 안에서 배급담배를 모아 동료들에게 팔아서 마련한 금반지 석 돈을 장사밑천으로 하여 대기업을 일으킨 것과, 겨우 중학교 학력밖에 없는 자신이 유치원에서 대학까지 학원을 경영하게 된 것은, 모두가 하나님의 은총 때문이라고 굳게 믿었다. 그는 기도를 올릴 때면 거의 매번 엉엉 소리 내어 울면서 하나님께 감사를 올리고 더 많은 축복을 간구했다. 그가 어떤 기도를 하건,

어떤 신앙을 갖건, 그것은 그 자신의 문제였다.

문제는 그가 맹종하는 신앙을, 그의 표현대로 하자면, 그의 녹을 먹는 구성원들에게 강요하는 데 있었다. 그는 소리 높여 외쳤다. "내 말은 곧 법이야요! 내 녹을 먹는 사람들은 모두 가족까지 동참해서 내래 세운 혜원교회로 나오라우요. 딴 교회에 나가고 있는 가족들두 모두 일루 옮기는 기야요. 제 직장을 소중하게 여기는 사람이라야만 하늘나라도 소중히 여길 수 있는 기야요! 글구, 헌금들 열심히 하시라우요. 하늘나라의 곳간에 많이많이 재물을 쌓아 놓아야 복을 짓구 천국에 들어갈 수 있는 기야요. 특히 십일조를 양심적으루 내야디 글티 안으믄 기건, 하나님의 몫을 떼먹는 큰 죄를 짓는 기야요. 글구 범사에 감사하는 마음을 개지구 감사 헌금들두 많이많이 하시라우요." 그러면서 그는 그의 편의대로 윤색한 성경을 가지고 '그의 녹을 먹는 사람들'을 정죄하고, 으름장을 놓으며 목줄을 죄었다 놓았다 하면서, 공포와 치욕에 떨게 했다.

언젠가 이사장이 마련한 전체 교수를 대상으로 한 공개 면담 자리에서였다. 그는 그 자리에서 이사장에게, 혜원교회에만 하나님이 계신 것도 아니고, 하나님은 어렵고 고통 받는 자들을 위해 낮은 데로 임하시는 걸로 알고 있는데, 가난한 교회의 임직자까지 옮기게 해서 그 교회를 곤고하게 할 필요가 있느냐고 조심스럽게 물었다. 그랬더니 이사장은 눈에 쌍심지를 켜고 화를 냈다. "기럼 그쪽 교회에만 하나님이 계신 것도 아니잖소? 매사를 기렇게 빼닥하게 보려구 하는 것두 큰 병이야요, 병! 글구 나한테두 철학이 있다, 이 말씀이야요! 아시겠어요? 싫으믄 다들 나가라우요! 우리 혜원 가족이 못 되겠으믄 떠나라우요!"

그러나 이사장의 분노를 사게 된 가장 큰 원인은 불교 신자 수험생의 불합격 처분에 대한 그의 반대 때문이었다.

학교는 매년 입시 면접에서 개종이 어렵다고 판단되는 불교 수험생은 불합격 시키라는 지시를 내렸다. 이사장의 광적인 신앙에 편승한 학교 운영방침이었다.

그는 여러 차례 그러한 처사가 부당함을 역설했다. '땅 끝까지 나를 기념하게 하라'는 하나님의 뜻에 따라 학교를 설립했다면, 오히려 다 갖춰지고 만들어진 신자보다는 하나님을 모르는 불신자나 이방의 신도들에게 복음을 전파하는 것이 하나님의 참 뜻이고 기독교 대학의 사명이 아니냐고 역설했다. 하지만 그것은 공허한 메아리일 뿐이었다. 내놓고 동조하는 사람도 없었다. 모두가 쉬쉬하면서 안으로만 부당성을 웅얼거렸다.

무엇보다도 그가 해직 당하게 된 결정적인 동기는 그의 아버지의 장례식 때문이었다. 그의 아버지는 폐암 진단이 내려진 지 넉 달 만에 별세하였는데, 투병 기간 중에 여러 차례 교회와 학교에서 심방하여 쾌유를 비는 예배를 올렸다. 목사는 끈질기게 그의 아버지를 설득한 끝에 하나님을 영접하겠노라는 약속을 받아냈다. 학교와 교회에서는 하나님은 반드시 언젠가는 올바르게 역사하시게 마련이라는 표본으로 그의 아버지를 예로 들었다.

그런데 임종 직전에 그의 아버지의 심경에 변화가 일어났다. 그의 아버지는 그의 어머니에게 진실을 털어놓았다. "여보, 내가 평생을 부처님을 믿어왔는데 이제 와서 잘 모르는 하나님을 따라 가자니 마음이 편치 않소. 큰애 학교가 워낙 철저한 예수 학교라 내 장례식을 기독교식으로 안 해서 큰애가 근무하기에 곤란하면 모를까, 그렇지 않으면 부처님의 품으로 돌아가게 해 주오." 그의 어머니가 그에게 울먹이면서 전해 주는 그의 아버지의 심경은 그러했다.

그는 착잡했다. 그러나 오래 망설이지 않았다. 그는 태연히 미소를 지으며 그의 어머니를 안심시켰다. "걱정 마세요. 죽어서 만나는 하나님 아버지도 중요하지만 저를 낳고 길러 주신 아버님도 중요합니다. 생전에 제 부모를 모르는 놈이 죽어서 만나는 하나님 아버진들 어떻게 알겠습니까?" 그는 곧바로 학교로 가서 학장과 목사를 만났다. 그는 진심을 다 해서 양해를 구했다. 학장도 목사도 침통한 표정을 지었다. 두 사람은 한결같이 그가 학교에서 영향력이 많은 교수임을 강조했다. 목사는 그에게 금식기도를 하면서 그의 아버지의 마음을 바꿔 줄 것을 하나님께 간구해 보라고 권했다. 그러면서 목사는 결의에 찬 어조로 말했다. "부처는 사탄입니다. 영이 어디에 머무는가는 중요합니다." 그는 그 말을 듣고 반발심이 솟구쳤다. 그는 목사에게 선언하듯 말했다. "신앙심이 부족해서 그런지 몰라도, 부처에 비하면 저는 버러지만도 못하다고 생각합니다." 이사장이 그의 그런 태도를 묵과할 리 없었다.

구 개월 후에 그의 재임용 심사 시기가 되었을 때 학장이 말했다. 이사장이 집으로 찾아와 무릎을 꿇고 빌면서 신앙으로 다시 태어나지 않으면 재임용을 하지 않겠다고 하니 이사장을 찾아가보라고. 그는 분노와 모멸

감에 떨면서 깊은 고뇌에 빠졌다.

그는 재임용 규정에 하등의 결격 사유가 없었다. 연구실적이나 연수실적 등 모든 평가 항목에서 기준보다 훨씬 상회하는 평점을 받은 상태였다.

그는 번민 끝에 마음을 굳혔다. 이사장의 말대로 하나님이 계시고, 하나님의 심판이 공정하다면 이사장의 불의를 결코 용서하지 않을 것이라고 자위하면서, 그는 굳게 뜻을 굳혔다.

그러나 그는 수많은 세월을 그와 싸우며, 세상의 정의라는 것이, 억울하고 힘없는 사람들이 불의의 강을 건널 수 있는 마지막 가교라고 생각했던 법이, 얼마나 많은 교활한 함정을 은닉해 놓고 있는가를 절감했다. 그는 힘 있는 자들이 기득권을 지키기 위해 만들은 그 간교한 법 앞에서 한없이 분노하고 절망했다.

곁에 있던 사람들이 하나 둘씩 멀어져 갔다. 마지막에는 끝까지 그의 편이 되어 주리라고 믿었던 아내마저도 버텨내기 어려운 현실 앞에서 그의 융통성 없는 주변머리를 한탄했다. 제일 견딜 수없는 것이 바로 그 아내로부터의 소외감이었다. 아내는 날이 갈수록 그를 녹이 슬어 부식되어 가는 고철덩이를 바라보듯 했다. 매일 능구렁이 같은 윤리학 교수와 성삼문이나 노래하면서 숙주나물들의 대변이나 하더니 꼴좋네요, 좋아! 아내의 실망에 차서 그를 바라보는 눈은 그렇게 질책하는 것 같았다. 그는 깊은 허탈감과 회의 속에서 차라리 혼자이고 싶었다.

강청은 다시 교정본에서 눈을 떼고 착잡한 시선으로 창밖을 바라본다.

신산하게 흘러간 세월처럼 소나무 가지에 쌓인 눈이 어지럽게 흩날리고 있다. 지난 20여 년의 세월이 악몽처럼 그의 뇌리를 스친다.

절애고도. 벼랑을 물어뜯는 파도소리와 갈매기 소리만 들리는 유배의 섬은, 사람이 사는 땅 끝 멀리, 무인고도에만 있는 것이 아니었다. 사람들 가운데 더 무섭고 고독한 유배의 섬이 존재한다는 것을 그는 뼈저리게 체험했다. 그래도 그는 그나마 해직교수들과 함께 사투를 벌인 끝에 헌법불합치 판결을 받아내어 재심에서 명예를 회복했다. 하지만 그는 그 절망의 절애 고도에서 빠져나온 지금, 막상 목 놓아 부를 그리운 이름도, 마지막까지 지키려고 했던 이상이나 이념도 거의 다 사라져버렸다는 자괴감에 가슴이 저려온다.

'그래도 나는 얻은 것이 있지 않은가! 수십 년을 희망의 끈을 놓지 않고 처절하게 싸웠지만, 정당한 판결을 받지 못하고 더 깊은 절망의 수렁으로 빠져버린 억울한 해직 교수들의 처지에 비하면 그래도……'

강청은 아직도 고통 속에서 신음하고 있는 다른 해직교수들을 생각하며 길게 한숨을 내쉰다. 한 때는 미국에서 저명한 과학자로 활동하다가, 국가의 요청으로 국내의 유수한 대학의 교수로 임용되었지만 정권에 밉보여 부당하게 해직을 당하고 오랜 실직 끝에 노숙자 생활을 하고 있는 윤 모 교수, 특별법으로 승소하고도 또다시 긴 손해배상 청구소송을 진행하면서 노부부가 단간 셋방에서 살며 동사무소 근로 노동으로 하루하루를 연명해 가고 있는 맹 모 교수…… 그래도 그들은 아직 재판이 끝나지 않았으니 희망이라도 남아 있다. 특별재심에서도 억울하게 인용이 되지 않은 많은 해직교수들은, 권익보호와 구제가 아니라 물질적인 부담까지 지면서 또 한 번 공권력에 의해 비정하게 정신적 사형의 고통을 가중당하고 있다. 그 과정에서 불행하게도 석궁사건이 발생하기도 했다.

500여 명에 이르는 부당해직교수 가운데 구제 특별법의 재심을 신청한 사람은 309명이었다. 나머지 사람들은 화병으로 죽고, 가족이 뿔뿔이 흩어져 노숙자가 되고, 이민을 가고 행방이 묘연한 사람들이다.

문제는 재심을 신청한 309명 가운데 127명만이 겨우 비정한 재심판결의 칼날을 피해 살아남았는데, 그나마도 교육부 관리들이 '특별법의 실효성'을 들먹이고 해괴한 법적 논리를 내세우며 공권력을 행사하지 않는 것이다. 그 때문에 강정도, 특별법의 재심에서 승소하고도, 또다시 법원에서 본안심사와 손해배상 소송으로 수많은 세월을 탕진해야만 했다.

지금까지 500여 명에 이르는 부당해직교수가 양산된 문제의 발단은 행정부, 특히 교육부의 과오에서 비롯된 것이다. 교수기간임용제가 도입된 1975년 유신정권하에서 당시 장관 유기춘은, 교수기간임용제의 문제점을 지적하는 국회 앞에서, 사립학교법 시행령에 조속한 피해자 구제절차와 방법을 마련할 것을 약속한 바 있다. 교육부가 30여 년간 직무를 회피하고 유기해온 근거이다. 이는 교육부가 사실상 사학 경영자편에서 잘못된 법률을 기계적으로 적용한 과오와, 사립학교법 시행령에 구제절차 마련의무, 법령정비 의무를 의도적으로 해태하고 유기한 과오에서 기인한다.

그러함에도 불구하고, 교육부의 관리들은 임의로 해괴한 법적 논리를 내세워 '특별법의 실효성'을 들먹이며, 사학에 편향적인 태도를 보이면서 딴청만 부린 것이다.

강청은 솟구치는 분노를 참지 못하고 지그시 어금니를 문다.

'나쁜 새끼들! 니들 말대로 특별법이 효력이 없다면, 특별법의 입안책임을 맡았던 니들은 도대체 그 실효성조차 판별하지 못하고 법안을 입안하는 무뇌아들이란 말이냐! 국회의 해당 심의위원회를 거쳐 특별법을 제정한 국회의원들은 국민의 세금을 축내고 실효성 없는 법이나 제정하면서 해프닝이나 벌이는 수준밖에 안 된다는 말이냐! 실효성 없는 법을, 무엇 때문에 심의하기 위해, 대통령령으로 특별위를 설치하고, 1년 동안의 한시적인 기구를 운영하며 국가예산을 낭비했단 말이냐! 이제 와서 법이 엉성하게 만들어져 효력이 없다니, 그렇다면 이 나라의 국회는 세금이나 축내는 멍텅구리 국회의원들이 해프닝이나 벌이는 곳이란 말이냐! 그러니까 너희들을 아프리카 식인종들도 코를 막고 돌아서는 부패한 통조림이라고 냉소하지 않는가 말이다! 차라리 교육부가 해체되어야 이 나라의 교육이 산다고!'

강청은 감정을 갈무리며 41년의 교직생활을 회상한다. 그가 강단에 첫발을 내디딘 것은 24세 때였다. 첫 근무지는 시골 공립중학교였다. 그때만 해도 교원들의 처우가 좋지 않았으나 사명감과 도덕적 자긍심으로 교직에 보람을 느낄 수 있었다. 인격을 형성하지 못하는 교육은 무익하다는 교육관도 살아 있었다. 불의나 부당한 외압에 분연히 맞서는 양심적인 선생님들도 많이 있었다. 정선남이었던가, 정영남이었던가…… 그는 초임지에서 만난 젊은 미술선생님의 이름을 가물가물한 기억 속에서 찾아내려고 미간을 모은다.

유신헌법을 제정하던 때였다. 교육청에서 유신헌법이 국민투표에서 통과되도록 책임지고 홍보를 하라는 지시가 내려왔다. 그러자 교감이 직원회의 석상에서 기발한 아이디어라면서 생활기록부에다 가정방문 내용을 적당히 쓰고, 그 옆에 괄호를 치고 '아울러 계몽'이라고 기록하라는 지시를 내렸다. 장학시찰 때 확실한 근거로 보여주겠다는 것이다. 그 말을 듣고 그 이름이 가물가물한 미술선생이, 세상이 아무리 그렇더라도 제자들에게 진실을 말하지는 못할망정 선생님들이 스스로 그런 꼴을 보여서야 되겠느냐고, 이의를 제기했다. 강청도 그 선생님 말에 동조하자, 교감이 못마땅하면 두 분 선생님은 가정방문을 안 가도 된다고 화를 냈다. 그 일은 그것으로 끝나지 않았다. 수업시간에 학생들이 체육관 대통령 제도가 참으로 미국의 선거제도와 같이 가장 선진화된 민주선거냐고 묻는 질문에 정 선생이 미국의 제도와는 다르다고 양심적으로 대답한 것이 화근이 되었다. 그 반에 마침, 당시 나는 새도 떨어뜨린다는 중앙정보부장과 친척벌이 되는 사람의 아들이 있었는데, 그 학생이 집에 가서 정 선생의 말을 전하자 문제가 생겼다. 그 애 아버지가 학교에 찾아와서 항의를 하고, 정 선생이 사과를 하지 않자, 기관에 고발했다. 교감이 나서서 무마할 수도 있었는데 정 선생은 결국 파면이 되고 실형까지 살게 됐다. 강청도 심리적인 압박을 많이 받으면서, 딴에는 청운의 큰 뜻을 품고 발을 들여 놓은 교직에 환멸을 느꼈다. 하기야 경찰관이 거리에서 미니스커트의 길이를 재서 규격에 맞지 않으면 처벌을 하고, 교통질서를 지키지 않는다고 네거리 한가운데 금을 그어 놓고 그 안에서 시민들을 두 팔을 들고 서 있게 하는 시절이었으니, 인권이고 뭐고 더 말할 게 없었다. 그래도 그 시절 사람들은 가슴 속 깊은 곳에 은장도처럼 자신이 지킬 양심과 정의를 은닉할 줄을 알았다.

'빈곤 속에서도 우리를 지켜주던 그 아름다운 정체성은 어디로 사라졌는가! 지금 이 땅에 빵보다 마음의 가난을 더 부끄러워할 줄 아는 이가 몇이나 될까!'

"어쨌든……."

강청은 자신에게 다짐이라도 하듯 힘주어 말한다.

"이제 끝난 거야! 잊어버리는 거야! 이 소설로, 다 털어버리고 앞만 보고 걷는 거야!"

강청은 다시 소설의 제목을 생각한다. '바알의 만찬'은 문단에서 시인으로 명성이 있는 친구가 생각한 제목이다. 강청은 원고를 탈고하고 나서, 대학시절 문예장학생 동기였던 친구 문인들과 몇몇 동료 비평가들에게 자문을 구했다. 그의 소설에 대한 그들의 의견은 다양했다. 한국소설에서 사학비리와 법조계의 실상을 이 소설보다 더 깊이 있게 다룬 소설이 없다는 평가와 함께 자전적인 요소가 너무 많지 않느냐는 의견도 있었다. 또 요즘 장편치고 분량이 많으니, 아예 주제 별로 세 편의 소설로 나누어 다시 쓰는 것이 어떻겠느냐는 의견도 있었다. 주제별로 나누어 세 편의 소설로 쓰는 것이 어떻겠느냐는 의견에는 강청도 동감이 되었다. 그러나 이 소설을 그의 아픈 자화상으로 그대로 남기고 싶었고, 그 생각은 지금도

변함이 없다.

가장 큰 걸림돌은 출판이었다. 모처럼 그가 심혈을 기울여 쓴 역작인데, 요즘같이 출판계가 불황을 겪고 있는 상황에서, 이름 있는 출판사에서 선뜻 출판에 응하겠느냐는 염려들을 했다. 더욱이, 가요계로 비유하면 이미자가 신곡을 내도 관심이 없을 판에, 그가 그동안 문단의 제도권을 냉소하며 외면한 채 작품 활동을 왕성하게 하지도 않은 흘러간 무명의 작가인데, 출판사에서 과도한 광고비를 부담하면서 승부를 걸려고 하겠느냐는 거였다. 그러니 발표하고 나서 그냥 묻히기보다는, 먼저 가명으로 권위 있는 장편소설 모집에 응모해 보는 것도 한 방법일 수 있지 않느냐는 의견도 있었다. 역시 동감할 수 있는 의견들이었다. 하지만 그는 41년의 한 많은 교직생활을 마치는 시점에서 이 소설을 바로 출간하고 싶었다. 그렇게 고심을 하고 있는데 동료 문인이 비교적 이름이 알려진 출판사를 소개하여 출판을 의뢰하게 된 것이다.

'그래, 교단을 떠나는 이 시점에서 출판하는 것이 중요해! 작품의 생명력은 제 운명에 맡길 일이고⋯⋯.'

강청은 시선을 돌려 연구실 안을 구석구석 천천히 둘러본다. 책장은 거의 다 비어 있다. 책을 담은 박스들이 여기저기 쌓여 있다. 며칠 있으면 방을 비워주어야 한다. 교무처에서 2월 25일까지 방을 비워달라는 요청이 왔다. 그래야 신임 교수가 새 학기 준비를 할 수 있을 것이다.

강청은 k대학에서 비 정년트랙 전임교수로 5년간 근무했다. 특별재심에서 승소하고도 복직이 이행되지 않아, 몇 개 대학에 출강하면서 악전고투

하고 있을 때, 친분이 있는 k대학의 원로교수한테서 연락이 왔다. k대학에서 이번에 새로 경력이 많은 분을 전임교수로 초빙하기로 했는데 올 수 있겠느냐는 거였다. 강청은 그 말을 들으면서 자신의 귀를 의심했다. 그도 그럴 것이 k대학이 어떤 대학인가. 분교이기는 해도 한국의 대표적인 명문대학 중의 하나가 아닌가. 물론, 전임교수로서의 신분과 권익이 동등하게 보장되지만 2년마다 재임용심사를 받아야 하고, 석좌교수처럼 봉급의 호봉체계가 달라 제 호봉을 다 인정받지 못한다는 조건이 전제되기는 했다. 그렇다하기로 나이가 많고 껄끄럽게 생각하는 해직교수를 명문대학에서 전임교수로 받아들이겠느냐는 의구심이 앞섰다. 그래서 제의를 해온 교수에게 아픈 사람을 그렇게 놀리는 것도 아니라고 농으로 받았더니, 그 교수가 정색을 하면서 목청을 높였다. 억울하게 해직이 되었다는 것을 아는 사람들은 다 알고 있는 데다 부당한 해직이라는 것이 법적으로 판명이 났고, 그만한 능력이 있어서 초빙하겠다는 것이므로 염려 말라는 거였다. 그러나 학과 회의에서부터 제동이 걸렸다. 그 교수가 전화로, 과 회의에서 사이가 좋지 않은 교수의 반대에 부딪혀 인사위원회에 상정도 못했다고 알려왔다. 강청은 미안해하는 그 교수에게 마음을 써준 것만으로도 감사할 뿐이라고 허탈하게 웃었다. 그런데 한 달쯤 후에 다시 그 교수한테서 전화가 왔다. 대학원장과 해당 단과대학 학장이 강청의 이력서와 경력증명서를 살펴보더니 공채를 통하여 그 정당성을 판가름하겠다는 것이다. 그러니, 결과는 장담할 수 없으나, k대학의 임용심사는 공정하니까, 공채공고가 나가면 서류를 제출했으면 좋겠다고 간곡하게 권유했다.

강청은 사양하다가 그의 권유에 따랐다. 사실은 사양할 처지가 못 되었다. 그 당시 그는, 대전 근교의 한 절에서 피폐해진 정신과 육신을 치유하며 힘겨운 손해배상 청구소송을 진행하고 있었으므로, 겸양을 차릴 형편이 아니었다. 또 한편으로는 간밤에 꾼 꿈이 예사롭지 않은 생각도 들었다.

서류제출 제의를 받기 전날, 그는 천연색 꿈을 꾸었다. 천연색 꿈이라 더 생생하게 기억이 되는지도 모른다. 아버지가 꿈에 나타나서 이제 이곳을 떠날 때가 되었으니 어서 길을 나서자고 했다.

아버지는 강청을 데리고 자꾸 깊은 산속으로 들어갔다. 얼마 동안 산을 오르다보니 천애의 벼랑길이 나타났다. 위태위태한 좁은 길을 아버지가 앞서 걸으며 무서워하지 말고 어서 따라오라고 채근했다. 벼랑 아래로 폭포수가 흐르는 계곡을 지날 때였다. 별안간 앞서 가던 아버지의 모습이 홀연히 사라지더니 그의 몸이 붕 뜨는가 싶자, 까마득한 계곡 아래로 곤두박질쳤다. 깊이를 알 수 없는 검푸른 물속으로 계속 빨려 들어가고 있는데, 느닷없이 청룡이 밑에서 올라와 그의 몸을 휘감았다. 청룡은 그의 몸을 휘감고 하늘로 솟구쳐 올랐다. 꿈속에서도 기분이 그렇게 상쾌하고 홀가분할 수가 없었다.

그는 공채 서류를 내고 한 달 만에 임용통보를 받았다. 뜻하지 않은 k대학의 임용은 강청에게 재기의 발판이 되었다. 손해배상청구소송에서도 승소했다. 강청은 감사한 마음으로 k대학에서 5년 동안 최선을 다했다. 그리고 이제 이 대학에서 41년의 강단생활에 종지부를 찍으려는 것이다.

강청은 다시 창밖으로 눈을 준다. 하늘이 흐려지고 있다. 또 눈이 내리려나보다. 강청은 눈 쌓인 뒷산 등산로를 애정 어린 눈으로 바라본다. 캠퍼스 뒷산의 소나무숲길은 그가 즐겨 걷는 사색의 장소이다. 지난 5년 동안 그는 그 숲길을 걸으며 응어리진 아픔을 녹여내고, 잔잔한 바다는 결코 훌륭한 뱃사공을 만들지 못한다고 자위도 하면서, 남은 시간을 후회 없는 삶을 살자고 다짐하곤 했다. 학교에서 신학기에 강의를 배정했지만 사양했다. 퇴임 후 연금으로 생활하면서 하고 싶은 일에만 몰입하고 싶어서다.

강청이 생각에 잠겨 있는데 스마트폰 벨이 울린다. 강청은 상의주머니에서 천천히 스마트폰을 꺼내서 귀에다 댄다. 강청이 송화구에다 대고 "여보세요……" 하고 응답하자 착 가라앉은 남자의 음성이 귓전을 울린다.

"여기 세종경찰서 조치원지구댄데요, 강청 교수님이신가요?"

"예. 그렇습니다만……."

강청은 뜻하지 않은 경찰관의 전화에 긴장한다.

"그런데 왜 그러시죠?"

"이, 한용 씨를 아시죠?"

"이, 이한용요?"

"예. 교수님 개를 맡아서 돌봐주고 있다고 하던데……."

"아, 예…… 압니다. 그런데 왜 그러시죠?"

이한용이라면 하니와 바우를 2년째 보살펴주고 있는 남자다. 그는 마흔 여섯이 되도록 총각의 딱지를 떼지 못하고 화물차를 끌면서 농장 별채에서 기숙하고 있다. 강청은 사촌 동생의 후배라는 그에게 하니와 바우를 맡겨서 기르고 있다.

하니는 맹인 인도견 골드리트리버 암컷이고, 바우는 진도견 수컷이다. 강청은 누이의 빚보증으로 살던 집을 강제 경매당하고 가족이 뿔뿔이 흩어진 후 하니와 바우를 남의 손에 맡겨서 기르고 있다. 처음 1년간은 아는 절에 시주를 하고 맡겼다가, 절에서 불편해 하여, 조치원읍에 사는 사촌동생이 주선해 주는 학교 근처의 농장으로 데리고 왔다.

집에서 기르던 개는 원래 세 마리였다. 모두 아내가 얻어 왔다. 처음 얻어온 개는 하니였다. 아내가, 절친한 성당 교우에게 집이 커서 개가 한 마리 있었으면 좋겠다고 말했더니 키워보라고 주더라면서, 생후 50일쯤 된 하니를 데려왔다.

아내가 성당 교우에게 '집이 커서'라고 한 말은 얼마간 아내의 자긍심이 작용했을 것이다. 칠십여 평의 대지에 사십오 평의 이층집은 '집이 커서'라고 호들갑을 떨 정도는 아니다. 그렇지만 아내로서는 강청이 해직당한 후 생활에 목줄을 죄어 비명조차 제대로 지르지 못하는 절박한 상황에서 새 이층집을 지어서 살게 되었으니, 동네방네 소문이라도 내고 싶은 심정이었을 것이다. 강청도 새집을 짓게 될 줄은 꿈에도 상상하지 못했다.

강청이 오랜 해직생활 끝에 집을 나와 대전 근교의 산사에서 생활하고 있을 때였다. 대학입시에서 논술이 당락을 좌우하던 시기였다. 강청이 산속에 파묻혀 출강이나 하면서 경제적인 고통에서 신음하는 것을 보다 못한 후배들이 작은 사무실을 임대해 주었다. 논술학원을 해보라는 거였다. 학원은 의외로 잘 되었다. 토요일과 일요일만 수강인원을 한정해서 받았는데도 입소문이 나서 명문대학 입시경쟁률을 뺨칠 정도였다.

강청은 대학입시에서 논술이 성행했던 그 몇 년 동안 짭짤하게 돈을 모았다. 사무실 전세금을 갚고도 넉넉한 여윳돈이 생겼다. 강청은 그 돈으로 가장 먼저 비만 오면 줄줄 새는 헌집을 헐고 일층 슬래브 집을 신축했다. 식구들이 그렇게 좋아할 수가 없었다. 강청도 그의 뜻하지 않은 해직으로 고통을 받고 있던 식구들이 기뻐하는 것을 보고, 덩달아 덩실덩실 춤이라도 추고 싶은 심정이었다. 그러나 그러한 행복을 누릴 시간은 길지 않았다. 논술이 사양길로 곤두박질쳤을 뿐만 아니라, 사무실 주인이 임대기간을 더 이상 연장해 주지 않았다. 또 강청 자신도 그쯤에서 본령의 세계로 돌아가야 한다고 뜻을 세웠기 때문이다.

강청은 사무실 전세금과 누이동생에게 추가로 보증을 서주고 대출을 받은 돈으로, 일층 슬래브 위에 넓은 거실이 있는 방 두 칸짜리 서재를 증축했다. 한 칸은 작은아들에게 쾌적한 공부방을 만들어 주고 한 칸은 그의 집필실로 쓰기 위해서였다. 생활의 뒷다리에 살이 좀 올랐으니, 해직교수들과 법정투쟁을 계속하면서 유보하였던 소설 쓰는 일에 집중할 심산이었다. 하지만 호사다마라고, 이층 증축이 더 큰 화근이 되어서 그의 삶에 돌이킬 수 없는 상처를 줄줄은 꿈에도 상상하지 못했다. 그가 이번에 쓴 소설에서 누이의 빚보증으로 인한 가족 간의 반목에 대해 담담하게 토로하였지만, 그에게는 아직도 치유하기 어려운 상처로 남아 있다.

어쨌거나 하니는 집을 증축하고 나서 아내가 첫 번째로 데려온 개인데, 집을 지키는 데는 충실하지 못했다. 골드리트리버라는 종이 원래 맹인인도견이나 인명구조견으로 사람을 잘 따르고 온순하면서 영리한 개이기는 하나, 집에 찾아오는 사람이면 아무나 대환영이었다. 급기야 집을 비운 사이 도둑이 들었는데도 도둑을 아래위층으로 안내하고 다니며 아이들 돌 반지까지 다 털어가게 했다. 그 일이 있고 나서 아내가 이번에는 또 진도견 순종을 친구네 집에서 얻어왔다. 집을 지키는 데는 진도견이 제일이고 진도견 중에서도 품종이 좋은 새끼라니까, 하니와 같이 기르자는 거였다. 강청이 보기에도 강아지는 얼굴이 잘 생기고 아주 건강해보였다. 강청은 강아지에게 '바우'라는 이름을 지어주었다. 우직하고 듬직한 느낌을 주는 바우라는 이름이 녀석에게 어울릴 것 같아서다. 바우는 이름에 걸맞게 충직하면서도 용맹스럽고 영리했다.

그런데 바우를 데려온 지 일 년이 채 못 되어서, 아내가 또 개 한 마리를 데리고 왔다. 친구들과 거문도에 놀러갔다가 민박집에서 얻어온 개였다. 수컷이었다. 7개월이 넘은 독일종 갈색 애완견이었다.

강청은 개를 안고 집으로 들어서는 아내를 보고 어이가 없었다. 그래서 "내킨 김에 아주 개장사를 하시지, 그래!" 하고 뜨악한 표정을 지었더니, 아내가 자초지종을 털어놓았다. 민박집에서 며칠 머무는 동안 그 애완견이 유난히 아내를 따르더라는 거였다. 그래서 그 애완견을 마음에 들어하자, 민박집 주인이 여러 마리 개를 건사하기가 힘에 부쳤던지 배가 떠나는 날 선착장으로 개를 데리고 와서 막무가내로 떠안기더라는 거였다. 거기다가 친구들까지 명품종의 개니까 한번 키워보라고 바람을 잡는 바람에 얼떨결에 개를 데리고 왔다는 거였다. 그러면서 방울이(원주인이 지은 이름은 덕순이인데 친구들이 촌스럽다고 차안에서 개명한 이름이다)는 자기가 신경 쓰지 않게 키울 테니까 걱정 말라고 했다.

아내의 간택은 탁월했다. 개들은 세 마리가 다 영리했다. 주인도 잘 따랐다. 특히 하니와 바우가 강청을 더 따랐다. 집이 강제경매를 당하여 개들과 함께 살 수 없게 되어 이사 문제로 아내와 고성이 오가자, 개들이 먼저 눈치를 채고 불안한 눈빛으로 주인 곁을 잠시도 떠나려고 하지 않았다.

아내는 "당신과 함께 살다가는 앞으로 어떤 일을 더 당하게 될지 모르니 어머니와 따로 살라."고 선언하면서 방울이만을 데리고 혼자 아파트를 마련해서 독립해 나갔다. 강청은 가슴이 찢어질 것 같았다. 처연한 눈빛으로 불안하게 주인을 바라보는 하니와 바우를 차마 저버릴 수가 없었다. 그러나 근근이 투 룸을 월세로 얻어 어머니와 함께 기거해야 하는 처지에서 개들과 함께 살 방법은 없었다. 궁리 끝에 잘 아는 대처승 스님에게 떼를 쓰다시피 간청하여 개들을 일 년 동안 절에 맡겼다. 그러면서 고아원에 맡긴 자식들을 찾아가듯 거의 매주 절로 개들을 보러갔다. 그러다가 일 년이 지난 후 절에서 불편해하자 바우와 하니를 학교 근처의 농장으로 데리고 온 것이다.

"개들에게……."

강청은 경찰관이 바로 용건을 말하지 않자 조심스럽게 말을 잇는다.

"개들한테 무슨 일이 생겼나요?"

"아, 예…… 좀 시끄러운 일이 생겼습니다. 이한용 씨한테 직접 들어보시죠."

경찰관이 송수화기에서 입을 떼고 한용이를 부르는지 멀게 경찰관의 음성이 들린다. "이한용 씨! 이리 와서 전화 좀 받아 봐요!"

강청이 긴장하여 스마트폰에 귀를 대고 있는데 낯익은 음성이 고막을 울린다.

"교수님이셔유…… 죄송하구먼유……."

"무슨 일이 생긴 거야?"

"……그러니깨 그게……."

"…….."

"……저…… 그러니깨 뭐시냐……."

강청은 한용이가 말을 더듬으며 뜸을 들이니까 바짝 긴장이 된다.

"무슨 일인지 어서 말해 봐요."

"……있잖어유…… 농장 건너 동네에 사는 장 씨라구……."

"장 씨?"

"예, 장팔만이라구 있어유…… 동네 일이라먼 온갖 참견을 다하구 시비를 붙는…… 황 사장님 농장 공사할 때, 덤푸차 바퀴에 붙은 흙이 동네 길바닥을 더럽힌다구 신고를 하면서 애를 멕인 사람말여유…… 모르시것남유?"

장팔만이라는 이름은 정확히 모르지만, 강청은 그가 경찰 출신으로 오산리에서 텃세를 하는 사람이라는 말을 한용이와 농장주인 황 사장한테서 여러 차례 들은 바는 있다. 언젠가 오산리 마을 구판장에서 한용이와 막걸리를 마시다가 길을 지나는 그를 본 적도 있다. 오십대 초반쯤으로 보이는 그는 깡마른 체구에 눈매가 날카롭고 광대뼈가 불거져 호감이 가지 않는 인상이었다.

"그 사람하고 무슨 일이 생겼는데 그래?"

"그 집 개새끼들하구 쌈이 붙었구먼유……."

강청은 일단은 안심이 된다. 개싸움 때문에 생긴 일이라면 그리 큰 문제는 생기지 않았을 것 같은 생각이 든다.

"개싸움이 붙었다니…… 하니와 바우가 그 집으로 간 거요?"

"그게 아니라, 지가 바우를 끌구 오산식당으루 갔더니 장 씨두 개 두 마리를 끌구 오산식당에 와 있더라구유. 오산 식당 암캐가 암창이 나서 우리 바우 씨를 받았으면 조컸다구 해서 갔구먼유. 그랬더니 장 씨가 지네 진도깨가 더 좋다구 데리구 왔다구 하더라구유. 장 씨네두 호피무늬 진도깨랑 백구를 키우고 있거든유."

"그래서?"

"그래서 봉순이더러 물었지유, 어떤 거하구 붙일 거냐구유. 그러니깨 장 씨가 즈네 개가 더 좋다구 우리 바우를 싹 무시하는 거여유. 뭐 쌈을 해 보면 금방 알것지만, 바우는 등치로 봐서 아끼다 물을 먹은 게 틀림 없구, 진도깨 순종이 아니라는 거여유. 되게 기분 나쁘대유. 그렇지만 승질를 낼 수두 없구 해서 봉순이더러 어떡할 거냐, 빨리 말해라, 했더니 글쎄, 봉순이가 그럼 쌈을 시켜보면 알것네, 하구 깔깔대구 웃잖어유. 그래서 오산식당 앞마당에서 타이틀매치가 붙은 거지유, 우리 바우하구 호피무늬하구 붙었는디, 바우 승질 알잖어유, 갸가 안 건드리면 강아지도 피하지만 먼저 건드리면 죽음이잖어유. 바우의 티케오승인디, 장 씨가 백구를 또 풀어서 이대 일루 싸움이 붙었서유. 지가 반칙이라구 항의를 해두 장 씨가 독이 올라서, 작살을 내라, 작살을 내라, 하구 싸움을 시키는 거여 유. 환장하것대유······."

"그래서 어떻게 됐어?"

강청은 저도 모르게 이야기에 빨려들어 조금 흥분이 된다.

"어뜨캐 되기는유, 두 마리가 다 바우한티 작살이 났지유. 백구새끼는 대가리가 빵구가 나구, 호피무늬는 목덜미를 물려 숨통이 끊어질라는디 장 씨가 몽둥이를 들구 설치는 바람에 살아났시유."

"바우는 괜찮구?"

"괜찮어유. 콧잔등이하구 등어리를 좀 물린 거 말구는요."

"그런데 왜 경찰 지구대까지 가게 된 거요?"

"장 씨가 독이 올라서 저한티 또 시비를 붙잖어유. 개싸움이 어지간히 끝났으면 싸움을 말려야지 보고만 있었다구유. 그렇게 심보가 삐뚤어졌 으니깨 여자덜이 안 붙어서 장가두 못 간다구 하면서유! 저두 나이를 엥 간이 먹었는디, 지가 그 말을 듣구 가만이 있것서유. 저두 화가 나서, 나 이를 처먹었으면 똥구녘으루 처먹었느냐구 나이 값을 하라구 욕을 해댔 지유. 그랬더니 주먹질이 들어오는 거여유. 그래서 저두 한 대 줘박었어 유. 그랬더니 폭력을 썼다구 신고를 한 거구유."

"상대방이 많이 다쳤나?"

"아녀유, 애들 쌈두 아니구, 코피 좀 났다구 엄살을 떨면서 정식 고소를 한다구 난리를 치구 있구먼유. 그냥 지가 처리를 할라구 했는디, 지구대서 교수님께 연락을 해서…….”

“알았어요. 곧 가볼 테니까 너무 걱정하지 말고…… 지구대는 어디에 있나?”

“조치원 여중 바로 옆에 있는디…… 오실 거 없어유.”

“경찰관이나 바꿔줘요.”

강청이 스마트폰에 귀를 대고 기다리고 있으니까 경찰관의 음성이 들린다.

“전화 바꿨습니다.”

“제가 바로 가겠습니다.”

“예. 오셔서 잘 합의하시는 게 좋겠습니다.”

강청은 스마트폰을 상의 주머니에 넣고 교정보던 원고를 책상 한쪽으로 치운다. 오늘 내로 교정을 끝내서 출판사에 보내려고 했는데 어려울 것 같다는 생각을 하며 자리에서 일어선다. 다시 창밖으로 눈을 준다.

바람은 여전히 거세다. 깔 매운바람은 눈 쌓인 소나무 가지에 내려앉는 햇살을 눈과 함께 다시 공중으로 말아 올리고 있다.

‘이런 날 웬 난리들이야.’

강청은 오산식당 앞마당에서 벌어진 사람과 개가 뒤엉킨 활극 장면을 상상하다가 갑자기 팡파짐한 봉순이의 엉덩이가 떠올라 실소를 머금는다. 느닷없이 섹시한 봉순이의 엉덩짝이라니……. 활극의 원인은 봉순이가 제공했다는 잠재의식 때문인가. 하기야 한용이가 바우를 끌고 오산식당으로 간 것도, 장 씨가 오산식당으로 개를 끌고 온 것도, 봉순이의 팡파짐한 엉덩짝과 요염한 눈웃음에 안달이 나서들 아니겠는가.

강청은 대강 책상을 정리하고 연구실을 나온다. 복도로 나와 서쪽 계단 쪽으로 걸어가는데 계단 입구에 있는 연구실문이 열린다. 독일문화정보학과 오장원 교수의 연구실이다. 오장원 교수는 k대학 독문과를 졸업하고 독일로 유학하여 22년 동안 생활하다가, 강청과 같은 해 비정년트랙 전임교수로 임용되었다. 나이는 강청보다 두 살이 밑이다.

"아, 강 교수님! 연구실에 계셨네요!"

오장원 교수가 강청을 보고 반색을 한다. 그의 선해 보이는 눈이 도수 높은 안경 뒤에서 눈웃음을 짓고 있다. 그는 작달막하고 마른 체구에 친절이 몸에 배어 있다. 오랜 서구 생활에서 붙은 습관인 것 같다. 강청도 웃음 띤 얼굴로 인사를 받는다.

"예. 연구실 정리를 좀 했습니다. 이제 파장했으니, 전을 걷어야지요. 서울에서 언제 내려오셨어요?"

"어제 내려왔습니다. 신학기 준비를 하려고요. 독일 문화원에 보낼 밀린 원고도 있고 해서……."

"그럼 학교 숙소에 계속 계실 건가요?"

"당분간은요. 그런데 어디 볼 일이 있으신가요? 날씨도 그렇고, 교수님 말씀대로, 어디 적당한 예배당에 가서 주님 모시고 부흥회나 했으면 괜찮을 것 같은데……."

"좋지요. 기도발이 제대로 받는 날씬데, 병천 순대에다 쏘맥! 그런데 지금은 안 되겠네요. 급히 갈 데가 있어서."

"중요한 일이신가 봐요?"

"……갑자기…… 좀 일이 생겨서요."

"그럼 시간이 되시면 이따가 심야 예배도 괜찮습니다. 저는 숙소에서 쉬고 있을 테니까요."

"그러지요. 지금 숙소로 올라가시는 겁니까?"

"네."

두 사람은 삼 층 계단을 내려온다. 이 층을 거쳐 일 층으로 내려오면 서쪽 출입구가 나온다. 출입구 앞에 야외 쉼터가 있고 쉼터 앞에 매점이 있다. 매점에서 왼쪽 길로 올라가면 교직원 숙소고, 오른쪽 길로 돌아가면 인문관 주차장이다.

강청은 매점 앞에서 오 교수에게 목례를 하고 주차장 쪽으로 걸음을 옮긴다.

2

지구대는 조치원 여중에서 멀지 않았다. 조치원역 로터리에서 2, 3백 미터 남짓 떨어진 도로 옆에 위치해 있는 지구대 건물은 보통 지구대보다 몇 배나 크다. 옆으로 길게 늘어선 이 층 건물 앞에 넓은 운동장이 펼쳐져 있다. 더 큰 다른 기관이 사용했던 건물 같은 느낌을 준다. 강청은, 어쩌면 조치원읍이 세종특별자치시로 편입되면서 새 경찰서를 짓고 이전하여 지금은 전경들의 숙소를 겸한 지구대로 사용하고 있는지도 모른다는 생각을 하며, 차를 몰고 지구대 안으로 들어선다.

사실 강청은 조치원읍의 거리가 낯설다. 조치원읍에서 5년을 근무했지만, 1년은 어머니가 기거하고 있는 대전에서 출퇴근을 했고, 나머지 4년은 학교 안의 교직원 숙소에서 생활하면서 읍내에는 가끔 시장에나 들르는 정도다.

강청은 운동장 옆의 주차장에 차를 세운다. 차에서 내리자 매서운 바람이 얼굴을 할퀸다. 바람이 세차게 불 때마다 운동장 가에다 밀어붙여 놓은 잔설이 보얗게 흩날린다. 강청은 한손으로 입과 코를 감싸고 빠른 걸음으로 지구대 출입구 쪽을 향해 걷는다.

강청은 출입구에 서 있는 전경의 안내를 받아 〈지구 순찰대〉라고 푯말이 붙은 방으로 들어선다. 열 평 남짓한 방 안에는 경찰관 두 사람이 책상에 앉아 무슨 서류인가를 들여다보고 있고, 맞은편 장의자에 한용이와 장 씨라는 사람이 굳은 표정으로 앉아 있다.

　장대한 체구의 한용이가 더벅머리를 긁적거리며 일어선다.

　"교수님 오셨네유…… 죄송해유…… 괜한 걱정을 끼쳐드리는구먼유……."

　출입구 쪽에 앉아 있던 경장 계급장을 단 경찰관이 고개를 들어 강청을 바라본다. 경사 계급장을 단 경찰관은 강청을 한번 힐끔 쳐다보고 나서 보던 서류로 시선을 옮긴다. 장 씨는 더 표정이 굳어지더니, 강청을 외면한다.

　"강청 교수님이신가요? 밖이 많이 춥죠?"

　경장 계급장을 단 경관이 일어서며 강청을 맞이한다. 머리를 짧게 깎아서 나이가 더 젊어 보이는 삼십대 전후쯤의 남자다. 흰 피부에 둥근 얼굴이 편안한 인상을 준다.

　"바람이 여간 깔 맵지 않네요. 다른 일도 바쁘실 텐데, 괜한 일로 심려를 끼치게 됐습니다."

　강청이 경관의 인사를 받기가 무섭게, 외면을 하고 있던 장 씨가 고개를 홱 돌리고, 강청의 말꼬리를 잡고 늘어진다.

　"괜한 일이라니요?"

　"……."

　장 씨의 느닷없는 공격에 강청이 당황한 표정을 짓자, 경장이 제지한다.

　"화 내지 마세요. 교수님은 영문도 모르고 당하신 일 아닙니까? 당사자도 아니시고……."

"뭐여? 하면 다 말인 줄 알아? 나도 경찰관 출신이지만, 경찰관이 공명정대해야지, 지금 누구 편을 드는 거여, 시방?"

장 씨가 일어서서 삿대질을 하며 핏대를 올리자, 서류를 뒤적이고 있던 경사가 눈살을 찌푸리고 한마디 한다. 사십대 중반은 되었음직한 중후한 인상의 남자다.

"김 경장, 시끄럽게 할 거 없어! 대화가 안 되면 시간 끌 거 없이 법대로 처리해!"

"법대로, 법대로 하라고?"

장 씨가 이번에는 경사한테 옮겨 붙는다. 경사도 맞불을 놓는다.

"대화가 안 되면 법대로 할 수밖에 다른 방법이 있습니까? 말씀대로, 각자 진단서를 첨부해서 쌍방이 고소를 하는 수밖에……."

"개, 개새끼들은 어떻게 하고…… 그게 보통 개들인 줄 아쇼. 거금을 들인 개들이 작살이 났어! 치료를 받아도 제 구실이나 제대로 할는지 모르게 생겼다구!"

한용이가 그 말을 듣고 끼어든다.

"그러니깨, 개 치료비까지 물어내라, 이 말인감유? 말두 안 돼유! 먼저 개쌈을 붙이자구 한 게 누군디…… 그라구 우리 바우두 상처를 입었잖유? 그 쪽에서 개 진단서를 띤다면, 우리도 띠것다 이거여유!"

"떠라, 떠! 누구 것이 훨씬 많이 나오나 보자!"

"뭐라구유? 순경 아자씨, 즈들끼리 붙은 개쌈두 상해죄에 해당되남유? 내 참 듣다듣다, 벨 소리를 다 듣것네!"

강청은 듣고 있자니 저도 모르게 웃음이 나온다. 가까스로 웃음을 참고 장 씨에게 부드럽게 말한다.

"미안합니다. 잘, 잘못 이전에, 저도 개를 기르는 입장에서 애지중지하는 개들이 많이 다쳤다니 상심이 크시겠습니다. 개 치료비는 제가 드리겠습니다. 다른 일도 아니고, 개싸움 때문에 같은 동네에서 불미스러운 일이 생기면 되겠습니까?"

"아녀유, 교수님! 왜 개 치료비를 우리가 물어 줘유! 이대 일루 붙어서 정정당당하게 이긴 건디……."

강청은 잠자코 장 씨를 주시하며 그의 입에서 떨어질 말을 기다린다. 장 씨는 머릿속에서 무슨 계산을 하고 있는지 눈만 껌벅이고 입을 열지 않는다. 옆에서 지켜보고 있던 경장이 장 씨에게 넌지시 말한다.

"그 정도에서 화해하시지요."

장 씨가 한참 뜸을 들이다가 입을 연다.

"그럼, 내 치료비는?"

한용이가 장 씨의 말에 눈에 쌍심지를 돋운다.

"치료비유? 엎어진 김에 쉬어 가겠다, 이 말씀인가유? 뭘, 얼매나 다쳤감유? 서루 주먹 몇 대 오간 것 가지구 너무 한 거 아뉴? 그라구, 주먹질은 누가 먼저 했남유?"

강청은 잠시 생각한다. '한용이의 말대로 당사자도 아닌 나한테 덤터기를 씌우겠다는 심보인가.'

"사람 치료비는 당사자들끼리 해결할 문제고…… 개 치료비는 인정상,

영수증을 첨부해서 요구하면 배려하겠다는 겁니다."

"교수님 말씀이 옳으셔유! 아니, 개 치료비두 그라실 거 읍스셔유! 상식적으루다 못 하겠다면, 깨까시 법대루 하면 되겄네유! 서루다 진단서를 첨부해서 상해 고소를 하면 될 거 아녀유! 판단은 법이서 할 티구!"

"법, 법대로 하, 하자구?"

장 씨가 어이없어하는 표정을 지으면서도 더는 격한 말을 하지 않고 눈만 껌벅인다.

경장이 그 틈을 타서 장 씨에게 다시 화해를 종용한다.

"교수님 말씀대로 하시는 게 어떠세요? 비싼 개라면서, 치료비도 만만치 않을 것 같은데……."

"그래두 그건 좀……."

그때 나이든 경사가 보던 서류를 덮고 일어나서 단호한 어조로 말한다.

"김 경장, 순찰 나갈 시간이야. 현장에서 입건해서 본서로 넘길 사안이 아니니까, 돌아들 가서 생각해부 구, 화해가 안 되면 법적 절차를 밟으라고 해. 그렇게들 하세요. 지금 저희들이 이런 일 때문에 지구대에 계속 머물러 있을 수가 없습니다."

"경사님 말씀대로 하세요. 돌아가서 잘 타협해보세요."

젊은 경장의 말이 떨어지자, 장 씨가 기가 꺾인 목소리로 머뭇거리며 강청에게 묻는다.

"개 치료비는 얼마나 생각하시는지……."

강청은 일부러 냉랭한 어조로 말한다.

"말씀드린 대로, 영수증을 첨부하면, 그건, 지불하겠습니다."

"……."

강청은 장 씨의 말을 기다리지 않고

"이 사장, 그럼…… 가자고!"

한용이를 채근하고 나서 경찰관들에게 인사한다.

"그럼, 그렇게 알고 돌아가겠습니다."

"네. 교수님, 수고하셨습니다."

경장이 웃으며 인사를 받자 경사도 한마디 한다.

"추운 날씨에 오시느라고 수고하셨습니다."

강청이 먼저 한용이를 데리고 출입구문을 열고 나오는데 장 씨의 볼멘 소리가 귓가에 와서 매달린다.

"차암, 드럽게두 재수 옴 붙은 날이네!"

3

강청은 차를 몰고 한용이와 함께 오산식당으로 향한다. 바우가 오산식당에 있고 장 씨네 개들도 그곳에 있다니까, 개들의 상태도 살필 겸 술이라도 한잔 하고 싶어서다. 이런 을씨년스러운 날씨에 찝찝한 기분을 갈아

앉히는 데는 술 말고 더 좋은 방법은 없을 것 같다.

강청은 지구대 정문을 빠져나오며 한용이에게 묻는다.

"아직 점심 안 했지?"

운전석 옆자리에 앉아서 침울한 표정으로 차창 밖을 주시하고 있던 한용이가 힘없이 대답한다.

"점심유? 아침을 늦게 먹어서유……."

"어제 또 늦게까지 술을 많이 마신 거 아냐?"

"예. 좀 마셨슈."

"너무 과음하는 거 같아."

"일 끝나구 오먼 힘두 들구, 뭔 할 일이 있으야지유. 화물차 끌구 장거리 뛰는 게 장난 아녀유."

"술보다도 잠이라도 푹 자두는 게 낫지 않아?"

"맨 정신으루는 잠두 잘 안 와유…… 그라니깨 술뱅이 더 있어유."

"……"

강청은 한용이의 넋두리를 이해할 것 같다. 오십을 바라보는 홀로 사는 건장한 남자가 그 외로움을 무엇으로 달래겠는가. 사귀는 여자도 없는 것 같고. 한용이는 고향도 이곳이 아니라고 했다. 청양 산골짝 가난한 마을에서 농고를 졸업하고 마땅히 취직할 데도 없고 하여 농사를 짓다가 지금 기거하고 있는 황 사장네 농장에서 소 키우는 일을 돕게 됐다고 했다. 그런데 소 키우는 일도 타산이 안 맞아 그 일마저 할 수 없게 되자 화물차를 끌면서 이곳에 십여 년째 눌러앉아 살고 있다.

"장 씨라는 사람, 생긴 것처럼 성깔이 보통이 아닌 것 같데……."

강청은 화제를 돌리려고 지구대에 남겨 두고 온 장 씨 얘기를 꺼낸다. 한용이와 장 씨는 출동한 순찰차를 타고 지구대에 왔기 때문에 장 씨가 귀가하려면 역 앞에서 마을버스나 택시를 타야한다. 아니면 사십여 분 이상을 걷는 수밖에 없다.

"장 씨 쌍판유? 깡마른 말상에다 실눈을 해가지구, 정내미가 떨어지는 우거지 상이지유…… 승질두 개 같구유. 오죽하면 마누라가 못 살것다구 집을 나갔것서유. 그 승질에다 그 낯짝을 해가지구 봉순이를 꼬시것다구 안달이 난 모양여유. 하루가 멀다구 오산식당에 들락거리면서 봉순이를 찝쩍거리는 모양인디유, 진짜 주제 파악을 못 하는 인간이라니깨유. 지가 말단 경찰 출신이라는 거뱃이, 지나 내나 뭐 내세울 게 있다구 개폼을 잡는지 모르것서유. 들리는 말루는, 순사질두 제대루 하다가 그만둔 게 아니라구 하데유."

"그렇지. 인물이나 나이나, 또 풍채로나, 뭘로 봐도 장 씨보다야 이 사장이 났지. 봉순이가 눈이 제대로 박힌 여자라면 이 사장을 더 좋아할 거야."

"과찬이셔유…… 그런디, 듣구 보니깨…… 교수님 말씀이 좀 거시기 하시네유……."

"뭐가?"

"……지가 장 씨처럼 봉순이한티 애걸복걸하는 거같이 들려서유."

"그래…… 이 사장도 봉순이를 싫어하는 거 같지 않아서 한 말인데……."

강청은 힐끔 한용이의 낯빛을 살핀다. 한용이의 검게 그은 얼굴에 홍조
가 어린다.

"……우리는 그냥 친구 사이구먼유…… 생각해보면 봉순이두 불쌍한
애여유. 똥구녁이 찢어지게 가난한 집이서 태어나서 아버지를 일찍 황천
으루 보내구, 어린 나이에 신이 내려서 무당질을 하다가, 하나 있는 오빠
마저 교통사고로 죽자, 눈이 뒤집힌 갸 엄니가 고향을 떠나 오산리로 들
어왔다는디, 살기가 좀 곤곤하간디유. 식당이 돼야 말이지유. 그나마 얼
굴이 뺀뺀해서 공사장 인부딜 밥붙여 유지하지, 건너말 오두막식당한티
손님을 다 뺏겨서 장 씨 같은 손님 말구는 손님두 읎어유. 메뉴를 염소탕
같은 걸루다 바꿔 보래두 들은 성두 안 해유. 하기넌 그것두 자본이 있으
야지유. 음식 솜씨보담두 오두막식당한티 시설부텀 밀리는디유 뭐."

강청은 한용이가 하는 말을 귓등으로 흘리며 의아해서 묻는다.

"봉순이가 무당도 했어?"

강청은 한용이와 더러 봉산식당에 가기는 하지만 봉순이가 무당이라는
말은 처음 듣는다. 강청은 강의가 없는 날이면 개들을 보러 농장으로 가
는데 가끔 황사장이나 한용이와 함께 식사를 한다.

마을 구판장이 있는 오산1리에는 식당이 두 곳이 있다. 하나는 농원에
서 운영하는 오두막식당이고, 또 하나는 봉순 네가 원룸의 일층을 세내
어 운영하는 오산식당이다. 오두막식당과 오산식당은 동네 한가운데를
가로지르는 개울과 과수원을 사이에 놓고 마주보고 있다. 황 사장과 동

행하는 날은 오두막식당으로 간다. 음식점 분위기나 음식이 오두막식당이 더 나은 탓도 있지만 황 사장이 봉산식당을 꺼려하기 때문이다. 황 사장은 중키에 곱게 늙은 후덕해 보이는 교회 장로인데, 지금 생각해보니, 그가 오산식당을 드러내놓고 꺼려하는 것은 봉순이가 무당이라는 사실 때문인 것 같다.

강청은 핸들을 꺾으면서 재차 억양에 힘을 넣어 묻는다.

"참말로 무당을 했단 말이지?"

차는 조치원여중을 지나 k대학 쪽으로 가는 갈림길에 이르고 있다. 갈림길에서 직진하면 터널이 나온다. 터널 위로는 바로 역으로 이어지는 철로가 지난다.

"그럼유…… 시방두 가끔 신굿을 하는디유…… 안 하면 몸이 아푸대유. 교수님, 그런디 증말 신이 있기는 있는 거여유?"

신이 있느냐고? 강청은 마음속으로 반문하며 말없이 차만 몬다. 질문을 받고 보니, 서리 집사를 지낸 그도 딱히 자신 있게 할 말이 없다. 이사장의 독선적인 신앙의 횡포에 분노하고 신음하면서 얼마나 많은 세월을 신의 진정한 정체성에 대해 생각하였던가.

"파스칼이라는 사람이 말야……."

강청은 터널 앞에서 신호를 기다리는 차들을 보고 브레이크를 밟으면서 무겁게 말문을 연다.

"신이 있느냐 없느냐 하는 것은 동전의 양면 뒤집기 내기와 같다고 했지. 신이 없다고 했다가 사후에 불이익을 받는 것보다는 있다고 하는 편이 낫다고……."

"교수님 생각은 어떠신디유?"

"……니체가 신은 죽었다고 선언하고 나서 미쳤을 때, 도스토예프스키가 그랬지. 신이 죽었다면 인간의 질서를 위해서도 인간이 새로운 신을 만들어내야 한다고."

"그러니까…… 신은 있다는 말씀이신가유?"

"믿음의 문제인데…… 칼라일이라는 사람이 종교는, 종달새의 알 속에서 새소리를 듣는 것이라고 했어. 신은 마음속에서 만들어지고 존재하는 것이 아닐까?"

"역시 교수님이시라 말씀을 어렵게 하시네유……."

"그런가……."

강청은 실소를 하며 말을 잇는다.

"어떤 종교든…… 사랑, 연민, 용서를 떠나서는 종교가 될 수 없어. 사랑하기 때문에 불쌍함을 느끼고, 연민을 느끼니까 용서하게 되는 거지. 말하자면, 기독교든 불교든, 무슨 종교의 신이든 인간을 정죄하는 신이기보다는 용서하는 신이 진정한 신이라고 생각해. 그러니까, 저를 위해주지 않는다고 봉순이를 괴롭히는 신은 진정한 신이 아니지."

"뭔 말씀인지 인자서 이해가 될 거 같네유. 그런디 교수님은 기독교 신자신가유? 지가 보기는 불교에 더 가까우신 거 같은디……."

"불교 신자?"

강청은 자조적인 웃음을 흘리며 기어를 드라이브 쪽으로 옮긴다. 앞차들이 서서히 움직이기 시작한다.

"기독교면 어떻고, 불교면 어떤가…… 예수를 몰라도 부처를 몰라도, 그 분들의 가르침대로 불쌍한 사람들을 긍휼이 여기고 사랑과 자비를 실천한다면 그는 예수나 부처 안의 사람이고, 평생을 교회당 안이나 법당 안에 쭈그리고 앉아 철야기도를 해도 그 분들의 가르침대로 살지 않으면 그는 예수 밖의 사람이고 부처 밖의 사람이 아닌가. 교회 보고 믿고 목사 보고 믿고, 절 보고 믿고 스님 보고 믿으면 언젠가는 반드시 실망이 따르게 마련이지. 진리의 말씀만을 믿고 매달려야지."

"그려유! 맞는 말씀여유! 맘보를 잘 쓰야지, 교회에만 열나게 댕기면 뭐한 대유! 황 사장님 말여유, 저더러 교회 나가자구 자꾸 꼬시는디, 황 사장님 맘보 쓰는 걸 보면 어떤 때는 장로님이 아녀유! 손해 보는 일은 눈꼽 만치두 안 하는 분여유! 껍데기는 부드러운디 가만히 속을 들여다보면 영 아니라니께유…… 그래서 저는유, 교회 댕기는 사람들은 별루여유."

"완전한 사람이 어디 있어? 흔들려서 사람이지, 다 결점이 없다면 예수도 부처도 폐업신고를 해야 하는 거 아닌가? 그래도 황 사장만한 사람도 없지 않아?"

"하기는유…… 저한티 움막 같은 집이지만 살 집두 그냥 빌려 주구……."

한용이는 말을 해놓고 제 말이 객쩍은지 더벅머리를 긁적인다.

강청은 앞차들의 흐름을 따라 서서히 액셀러레이터를 밟는다.

"독사는 물을 마시고 독을 만들지만, 젖소는 같은 물을 마시고 생명을 살리는 젖을 만들지!”

“그 말씀두 지 가슴에 콕 백히는 말씀이네유.”

차가 지하차도를 지나 읍의 압구정동이라고 할 수 있는 침산동 상가를
빠져나가고 있다. k대학과 H대학 학생들을 겨냥하여 생긴 음식점이나 주
점과 카페가 주종을 이루고 있다.

“그런데 말야……”

강청은 봉순이 얘기를 더 할까 말까 망설이다가 말을 잇는다.

“봉순이, 마흔은 넘었지?”

“봉순이 나이유?‘

한용이가 뜬금없이 왜 봉순이 나이를 묻느냐는 표정으로 강청을 힐끔
바라본다.

“……마흔 하난가 둘인가 그렇게 될 걸유…… 나이가 마흔이면 뭘 한 대
유…… 하는 짓은 꼭 대여섯 살 배끼 안 먹은 어린애 같은디……”

“그래? 내가 보기에는 당찬 면도 있는 것 같던데……”

“당차기넌유…… 승깔머리가 좀 있다뿐이지 꼭 하는 짓이 어린애라니깨
유…… 맘만 착해 가지구 지것 챙길 줄두 모르구…… 남 딱한 사정은 눈
뜨구 못 보구…… 하여튼 하는 짓이, 어떤 때는 맛이 살짝 간 애처럼 알
다가도 모르것다니깨유. 애기 동자 신이 실렸다는디, 그래서 그런 거 아닌
가 싶기두 하구유……”

“애기 동자가 실렸다고?”

“몰라유…… 사람덜이 애기 동자가 실렸다고 하넌디, 어떤 사람 말루는

그게 일정치가 안태유…… 그때 그때 천상이서 시키넌 대루 한 대유……
어쨌거나 사람덜이 봉순이 점이 맞을 때넌 귀신이 곡하게 맞는다니깨, 여
사 일은 아닌 거 같어유…….”

“봉순이가 점도 쳐?”

“점뿐인감유…… 푸닥거리두 해주는디유!”

“그래서 장사가 더 안 되는 거 아닌가?”

“장사유? 장사넌 즈 엄니가 하지, 지가 하남유…… 즈 엄니를 열심히 거
들다가두, 신기가 도지면 집을 나가서 바람같이 쏘댕기다가 돌아오고넌
하지유. 인물두 한 인물 하구 맘세도 착하디 착한디, 왜 그런 병이 도지넌
지 모르것서유. 저두 모르것대유. 참 환장할 노릇이구먼유!”

한용이가 한숨을 푸우, 하고 내리쉰다. 마치 철모르는 마누라 때문에
속을 끓이는 남편 같은 태도다. 강청은 한용이가 봉순이를 많이 좋아하
기는 좋아하나보다고 생각한다. 하기는 봉순이의 외모만 보면 보통 미인
이 아니다. 거기다가 색 기가 잘잘 흐르는 자태하며 살살 눈웃음을 치는
교태가 한용이 같은 남정네의 넋을 빼놓을 만도 하다. 장 씨는 더 말할
것도 없을 테고. 봉순이가 무당이라는 말을 듣고 보니, 사람의 안쪽을 꿰
뚫어보려는 듯 광채 어린 그녀의 눈빛이 예사롭지 않게 느껴진다.

“봉순이도 결혼은 안 했었나?”

“결혼유? 했다넌디, 얼매 안 돼서 남편이 급사를 했다능개벼유…… 지
말루넌 저는 천상의 여자기 때매 이 세상에 같이 살 남자넌 없다는디, 그
르치두 않은 거 같어유. 참 알다가두 모를 일여유.”

강청은 한용이의 말을 들으며 문득 무속연구에 빠져 있는 정진호 교수를 생각한다. 그는 강청과 동년배로, 이웃 시에 위치해 있는 지방대학의 동양학과 교수인데 이번에 『어느 무당과의 대화』라는 저서를 보내왔다. 그는 서문에서 말한다. '내 개인적인 업연인지는 몰라도, 토착적 종교이자 인류공통의 원형적 기층종교라고도 볼 수 있는 무속세계에 대한 관심과 흥미가 많은 편이어서, 이 방면에 대한 지적 갈등에 시달려왔다. 물론 그 지적 갈등이란 유사 이래 세계철학사에서 논의되어왔던 미해결 과제이기도 한 것이었다. 나는 이 세상에 왜 존재해야 하는가. 저 태양과 수많은 별들은 왜 있으며, 어떻게 만들어졌는가. 인간이나 우주의 미래는 결정되어 있는지? 그렇다면 그 이유와 메커니즘은 무엇인지? 삶의 의미를 어디에 두어야 하는가. 죽음의 의미는 무엇이며, 사후세계는 존재하는지? 전생과 후생이라는 환생의 과정이 있다면, 그 이유는 무엇인가? 각종 점술을 포함한 무당의 신점이나 역점이 왜 그 정확도에 있어 확률적 의미를 갖게 되는지. 그리고 현대과학의 기본이념이나 유물론적 가설들로서는 도저히 설명할 수 없는 수많은 초능력이나 초자연적 현상들을 어떻게 이해해야 하는가? 등등이다.'라고. 그러면서 그는 이번에 천진난만한 한 무당과 나눈 대화로 그 갈등이 어느 정도 해소되는 '행운의 기회'를 얻게 되었다고 저술의 이유를 밝힌다.

 '어쩌면 정 교수에게 또 다른 행운의 기회가 될 수 있을는지도 모르겠군.'

 강청은 입가에 미소를 흘리며 침산동의 마지막 교차로를 지난다. 교차로를 지나면 풀꽃초등학교가 나오고, 초등학교를 지나면 논과 복숭아밭이 즐비한 들판이다. 들판 옆으로 흐르는 실개천을 따라 일 킬로 남짓 도로를 거슬러 올라가면 오산리 마을이다.

4

강청은 개울을 따라 올라오다가 오산리 마을회관으로 통하는 갈림길에서 브레이크를 밟고 좌우를 살핀다. 칠봉산 약수터로 가는 길과 송곡리로 가는 길이 교차하는 지점이다. 오산리 마을은 도로를 경계로 1리와 2리로 나뉜다. 칠봉산 자락 밑에 마을회관과 노인회관 구판장 등이 있는 수십 호의 마을이 오산 1리이고, k대학의 대운동장 후문 쪽으로 이어진 야산을 등지고 듬성듬성 집들이 앉아 있는 곳이 오산 2리이다.

강청은 걸어서 개를 보러 갈 때는 k대학 대운동장 후문으로 나와서 오산 2리를 거친다. 후문을 나와 야산의 경사면에 조성된 과수원 길을 따라 내려오면 바로 오산 2리 초입이다. 농장은 오산 2리에서도 500미터 이상을 더 위로 올라가야 한다. 황 사장 네 농장은 십여 채의 집들이 옹기종기 모여 있는 윗마을에서도 맨 끝이다.

강청은 오산식당으로 가기 위해 오른쪽 길로 핸들을 꺾는다. 오산식당은 오산 2리의 야산 밑 도로변에 있다. 차가 오른쪽으로 돌자 k대학 대운

동장 쪽으로 펼쳐진 과수원이 한눈에 들어온다. 과수원에 쌓인 눈이 보
얗게 흩날린다. 강청은 잠시 배꽃이 바람에 날리는 것 같은 착시현상에
빠진다. 어느 때부터인가, 강청은 현란한 흰색의 움직임을 보면 가끔씩 배
꽃이 흩날리는 과수원의 달밤이 연상되곤 한다.

강청은 오산식당 마당에 차를 세운다. 오산식당은 옆집 마당을 사이에
두고 측백나무가 듬성듬성 심어져 있다. 옆집은 3층인데 임대 원룸이다.
넓은 마당 둘레에 나무가 많이 심어져 있는 입구에 '초원의 집'이라는 간
판이 세로로 길게 붙어 있다.

강청이 차에서 내리자 개가 우렁차게 짖는다. 바우다. 바우가 마당가의
은행나무 밑동에 매어져 있다가 강청을 보고 반색을 하며 펄쩍펄쩍 뛴다.
은행나무 옆의 쇠말뚝에 묶여 있는 백구도 덩달아 짖는다. 봉순이네 암
캐다. 장 씨네 개들은 보이지 않는다.

강청은 바우에게 시선을 주었다가 마당을 둘러본다.

"장 씨네 개는 안 보이네……."

"글쎄유……. 저어기…… 개줄언 그냥 있는디유……."

한용이가 턱으로 가리키는 측백나무 울타리 쪽을 보니, 목백일홍나무
밑동에 개 줄이 두 개 매어져 있다.

"아까 분명히 장 씨가 개를 매놨었넌디유……."

"식구들이 끌어갔는지 모르지."

강청은 다시 바우 쪽으로 시선을 준다. 바우는 한용이의 말대로 상처
를 많이 입지 않은 것 같다. 겉으로 보기에는, 목덜미의 털이 몇 군데 뭉

처있는 것 말고는, 물린 흔적도 찾아볼 수 없다. 황구인데도 입과 코언저리 부분이 유난히 새까만 육각의 얼굴은 건강미가 넘쳐난다. 검은 눈동자도 생기가 넘친다. 강청은 바우에게 다가가 목덜미를 쓰다듬는다.

"바우! 장가들려다가 곤경을 치렀구면!"

바우가 꼬리를 치며 강청의 다리에 몸을 밀착시키고 머리를 비벼댄다.

"알았어, 알았어!"

강청은 바우의 목덜미를 힘 있게 주물러주고 한용이한테 말한다.

"자, 안으로 들어가자고!"

강청이 앞서서 현관문을 열려고 하자, 안쪽에서 먼저 문이 열린다. 봉순이다. 붉은색 스웨터를 걸치고 빨간 립스틱까지 짙게 바른 봉순이의 얼굴이 더 화사하고 요염해 보인다.

"아이고머니나! 교수님까지 오셨어! 장 씨는 어쩌고? 되려 지가 잽혀 들어간 겨? 내 그럴 줄 알았어! 손찌검은 지가 먼저 해놓고, 사내가 돼가지고 어째 그렇게 째째한지 몰라! 어서들 들어오셔! 날씨가 장난이 아니네!"

봉순이가 한편으로 비켜서며 호들갑을 떤다. 한용이가 봉순이에게 묻는다.

"그런디 장 씨네 개새끼덜은 어뜨키 된 겨?"

"어떻게 되기는…… 내가 풀어서 쫓아 보냈어. 우리 뚱자하고 바우하고 한코 하는데 그것들이 초죽음이 되고서도 좆이 꼴려서 지랄발광을 하더라니까! 내 참, 짐승이나 사람이나 사내라는 것들은 조개만 보면 환장한다니까! 바우가 일을 치른 담에 불쌍해서 뚱자한테 한코씩 주라고 했더니, 이 년이 뭔 성춘향이라고 꼬리를 내리고 안 주는겨! 그래서 내가 몽둥이를 휘둘러서 집으로 쫒아 보냈구만!"

"그 난리 중에 접을 붙인 겨?"

"그럼. 바우가 이겼으니까 똥자는 당연히 바우 차지지! 바우가 난 놈은 난 놈이더라고. 씹도 어떻게 잘하는지 몰라. 똥자년이 그냥 자지러들더니까! 옆에서 화끈거려서 혼났네!"

"교수님도 계신다…… 저, 저 식당 문 놀리는 것 좀 봐라……."

"왜? 내가 못 할 소리를 했어? 사람은 솔직하게, 순리대로 살아야 하는 겨. 교수님 거시기라고 하루에도 몇 번씩 일어섰다 앉았다 안 하겠어? 안 그러면 그건 큰 병이지. 교수님, 안 그래요? 신령님이 그러시데요. 술 끊고, 여자 끊고, 곡기 끊으면 인생 막 내리는 거라고요."

"신령님 말씀인데 여부가 있겠나. 여자는 몰라도, 술하고 곡기를 끊고는 못 살지. 우선 술부터 한잔 해야겠으니까, 얼큰한 찌개로 상을 봐줘요."

강청은 신발을 벗고 홀 안으로 올라선다. 상이 놓여 있는 열대여섯 평 남짓한 홀은 손님이 하나도 없다. 주방에 있던 봉순이 어머니가 얼굴을 내밀고 인사를 한다.

"방으로 들어가유. 방이 따뜻하니께."

봉순이 어머니는 칠순의 나이에다 고생을 많이 해서 그런지 봉순이를 낳은 어머니라고는 믿어지지 않을 만큼 행색이 초췌하다.

"그라셔유. 장 씨가 올넌지 모르니깨유."

한용이의 말에 봉순이가 목청을 높인다.

"장 씨하고 화해가 잘 안 된 거여? 그 인간이 찐드기를 붙자고 작정을 했는데, 호락호락 넘어갈 리가 없지. 상관없어! 지가 행패를 부리면 그때는 내가 신고를 할 거니까!"

강청은 봉순이의 말을 귓등으로 흘리며 홀의 안쪽에 붙어 있는 작은방으로 들어간다. 상을 가운데 두고 강청과 한용이가 마주보고 앉자 뒤따라 들어온 봉순이가 선 채로 묻는다.

"뭘로 준비해 드릴까? 얼큰한 동태탕도 있고, 아니면 오늘은 토끼탕도 되는데요."

"토끼탕? 그게 좋겠는데…… 이런 날씨에는 토끼탕에다 따끈한 정종이 제 격인데……."

"정종은 없어요. 좁쌀 동동주는 있고요."

한용이가 끼어든다.

"얼큰한 토끼탕에넌 쐬주가 맞잖어유?"

"그럼 소주 두 병하고 맥주 두 병을 가져오지. 소맥으로 몇 잔 하고 소주로 시작하게."

"많이 하실라나봐."

"기분도 그렇지 않고…… 봉순네랑 거나하게 한잔 하지 뭐."

"좋지요! 우선 술하고 기본 반찬부터 챙겨 올게요."

봉순이가 방에서 나가고 둘이 남게 되자, 강청이 서먹한 분위기를 깨려고 먼저 입을 연다.

"봉순이가 오늘은 좀 말투가 거치네……."

"그러네유. 입이 걸기넌 해두 저르케까지 막나가는 애넌 아닌디…… 또 신기가 도지넌 거나 아닌지 모르것네유."

"신이 내릴 때가 되면 그러나?"

"신이 내려서 집을 나가 쏴댕길 때가 되면, 화장이 요란해지구…… 뭐시냐…… 남녀 관계를 거칠게 얘기하구 그래유."

"그래? 여자 나이 사십대 초반이면 그냥 견디기는 어려울 때지."

"지 말씀은 그게 아니구유…… 꼭 그래서가 아니라, 하는 행동거지가 이상하다, 그 말씀이구먼유."

"여하튼, 봉순이가 무당이라니까 그 말이 예사로 안 들리네."

"그건 그렇구유……."

한용이가 말을 아끼며 강청의 낯빛을 살핀다.

"이번에 퇴직하시먼…… 어디 계실 건가유? 대전으루 가실 건가유?"

강청은 한용이의 느닷없는 질문에 조금 당황한다. 사실 퇴임을 앞두고 거처할 곳에 대해서 많이 생각했고, 지금도 궁리 중이다. 어머니가 사는 투 룸으로 다시 들어가서 같이 살 수는 없다. 집이 좁기도 하지만 집필에 집중할 수 있는 공간이 못 된다. 당장 책을 방에 들여놓기에도 비좁다. 보상을 받아 경제적으로 여유가 생겼으니 대전 근교에 적당한 전원주택을 마련하여 개를 데리고 어머니와 함께 살 수도 있지만, 어머니를 그곳으로 모셔오는 것은 여러 가지 문제가 따른다. 가장 큰 문제는 88세의 나이에 경로당을 떠나 낯선 곳에서 외롭게 생활하기가 쉽지 않다는 점이다. 게다가 강청이 며칠씩 집을 비우게 될 때, 혹시라도 위급한 상황이 벌어지면

돌보아 줄 사람이 없다는 것이 가장 큰 문제다. 처음 집을 구할 때도 그런 애로사항을 감안하여 막내 동생이 사는 경로당 근처에다 거처를 마련한 것이다.

"글쎄…… 우선은 어머님한테 가서 지내면서 개들을 데리고 갈 곳을 알아봐야 할 거 같아. 어렵지만 몇 달만 더 바우랑 하니를 맡아줘."

"바우하구 하니유? 갸들은 걱정마셔유. 지 말씀언 교수님이 어디, 시골이다 마땅한 집을 마련한다구 하셔서, 어뜨키 마련이 되셨나 해서 여쭤보는 것이구먼유."

"알아는 보고 있는데 쯤맞게 나서는 것이 없네…… 정 안되면 당분간 학교 근처에 적당한 원룸을 얻어놓고, 왔다 갔다 하면서 바우와 하니를 보살필까 하는데……."

"그라셔두 되지유."

"어디 적당한 원룸이 없을까? 걸어 다니면서 바우랑 하니를 돌볼 수 있을 만한……."

"그르캐 가까운 거리라면, 오산리백이 더 있것서유. 요 옆집 초원의 집 두 전세구, 싸서 괜찮기넌 한디, 집을 진 지가 좀 오래 돼서유. 그래두 공기두 좋구, 터두 넓구, 바루 뒷산이 칠봉산으루 가넌 등산로루다 연결이 되구…… 교수님 계시기넌 딱인디유. 한번 알아볼까유?"

"그래 주겠어?"

"그럴 거 읍시, 당장 봉순이더러 방이 있능가 물어보지유 머."

한용이의 말이 끝나고 조금 있으니까 봉순이가 기다리고나 있었다는 듯이 쟁반에다 반찬을 챙겨 가지고 들어온다. 봉순이는 들여온 반찬을 상에다 주섬주섬 늘어놓는다. 볶은 멸치, 김치, 콩나물, 시금치나물, 두부조림, 콩자반, 물미역 등의 밑반찬이다.

"토끼탕은 지금 맛있게 끓고 있어요. 쬐끔만 기다려요."

봉순이의 말에 한용이가 토를 단다.

"물을 나수 붓구 푹 끓여. 지난번 처럼 토끼볶음을 맨들지 말구. 무수 두 많이 늫구…… 토끼탕언 시언한 국물맛잉게."

"지난번 건, 맛있게 안 먹었남! 꼬쟁이 벗겨 놓구 허벌감식해서 처먹을 때들은 언제구, 끝나구 돌아서면 딴소리들이 병이라니까!"

"또, 또 그 얘기다. 누가 들으면, 색깨나 밝히넌 여잔 줄만 알것다."

"그래? 그게 어디 맘대로 되는 감. 그전에 그거 생각이 나서 밖에 나가면 꼭 누구를 만나게 되드라. 괜시리 차를 대놓고 나를 꼬시는 놈이 없나…… 벼라별 좆맛을 다 봤다니까. 나는 요조숙녀가 될 수 없는 천상의 여자라니까 그러네."

강청은 봉순이의 말이 무당이라 몸신이 자유로울 수밖에 없다는 뜻으로 들려

"몸신이 자유로우니까, 남녀관계가 복잡할 수밖에 없다는 뜻으로 들리는데…… 그런가?"

봉순이가 정색을 한다.

"그게 아녀요. 외려 질서가 더 엄하지요. '씹 주고 뺨 맞는단 말이 있지요? 불쌍하고 없는 놈한테 대주는 거지, 아무한테나 대주는 게 아녀요.

사람이 어디 돈하구 밥 먹는 것만 가지고 살 수 있어요. 궁끼가 도는 건 그게 더하지요. 요새는 돈이 있어도 조개를 맘대로 살 수가 없잖아요. 정작 국가에서 해결해야 할 복지 정책은 신경 안 쓰고, 엉뚱한 맨다리만 긁고 있다니까…… 제 것 가지고 제 맘대로 보시도 못하니까 신령님이 노하시는 게 당연하지요. 그래서 궁한 놈한테만 주라는 거지요."

"그만 해라. 그러다 니가 복지부장관얼 하게 생겼다. 그보담두 교수님 복지부터 챙겨야 쓰것다."

"교수님도 그게 그렇게 궁하셔?"

"아, 아니! 그게 아니구……."

한용이가 얼굴이 벌개가지고 손사래를 친다.

"뭐 눈에넌 뭐백이 안 뵌다더니…… 옆집에 원룸이나 비는 게 있는지 알아봐라."

"원룸은 또 왜?"

"교수님이 이번에 퇴임을 하시면서, 오산리에다 원룸울 얻어 놓고 개들을 돌볼라구 하시거덩……."

"그러면 그렇지, 깜짝 놀랐네! 알았어. 알아볼게."

봉순이가 실쭉 웃으면서 강청을 힐끗 쳐다본다.

"잘하면 교수님하고 이웃사촌이 되겠네. 집들이 연습부터 해야겠구먼. 술부텀 가져올게."

봉순이가 나가고 나서, 한용이가 강청의 앞으로 허리를 구부리며 작은 소리로 말한다.

"교수님이 옆집으루 오신다니깨 되게 존 모양인디유."

"좋을 게 뭐 있겠어. 술이나 팔아줘서 좋으면 모를까."

봉순이가 바로 맥주 두 병과 소주 두 병을 들고 들어와서 한용이 옆에 앉는다. 앉자마자 맥주 컵을 들고 강청을 바라본다.

"깔까요? 얹을까요?"

한용이가 봉순이에게 되묻는다.

"깔다니? 뭘 깔구 뭘 얹는다는 거여?"

"소주를 바닥에 깔구 맥주를 따를 거냐, 맥주를 먼저 따르고 소주를 그 위에 부울 거냐, 그 말을 못 알아듣겠어?"

"나는 또…… 뭔 말을 그르캐 배배 꽈가면서 하능겨…… 그 말언, 또 어디서 배운 겨?"

"배우기는…… 어떤 스님이 그랬대. 여름에 냉면이 먹고 싶어서 단골냉면집에 가서 냉면을 시키니까 주방장이 스님더러 깔까요, 얹을까요 하고 물었대. 냉면에 소고기를 한 점 넣어 주잖아. 그런데 스님은 고기를 먹어서는 안 되는 걸로 생각한 주방장이, 사람들이 안 보게 고기를 냉면 밑바닥에 깔아 드릴까냐, 고 물은 거지. 그러니깨 스님이 주방장의 귀에다 대고 작은 소리로 깔아, 깔아, 그랬다는 겨."

"그려? 객쩍은 중이구먼…… 먹구 싶으면 그냥 먹으면 되지, 뭔 내숭여! 맘보를 진실하게 쓰야지, 그까짓 고기 몇 점 먹구 안 먹구가 뭔 대수여! 절이구, 교회구 내숭이 병이라니깨."

봉순이가 눈을 함초롬하게 뜨고 한용이를 바라보며

"교회를 나가더라도 마음이 올바른 사람은 다 똑같다야. '그래, 니가 교회를 가 보았느냐' 이렇게 신령님이 나한테 말씀하시네."

강청은 갑자기 달라진 봉순이의 표정과 눈매를 바라보며 신기한 생각이 든다.

"지금 신령님이 교회 얘기를 하시나?"

"거기도 거슬러 올라가면 어찌 천상줄이 없다고 볼 수 있느냐! 하시네요. 모든 것은 다 입속에서 만들어낸다. 하시네요. (갑자기 동자 목소리로) 말이 문이구요, 정직해야 하구요, 깨치는 건 절로 입으로 나오는 거구요……."

봉순이가 '손바닥으로 하늘을 가릴 수 없지 않느냐!', '마음을 다 비워야 다른 걸 받아갈 수 있느니라!' 어쩌고 하면서 횡설수설하듯 계속 지껄여대자 한용이가 버럭 화를 낸다.

"그만 혀! 술맛 잡쳐! 살기도 바뻐 죽것구 힘들어 죽것는디 뭔 천상타령여! 죄 안 짓구 즐겁게 살면, 이곳이 천상여! 어여, 어서 술이나 따러!"

봉순이가 들은 성도 하지 않고 "그려, 어찌 보면 인생이라는 게 홀연히 왔다가 홀연히 사라지는 게지…… 그렇다고 지금 당장 손 놓고 있으랴! 이 순간에도 희망과 염원이 있지 않은가!" 하면서 넋두리를 늘어놓는데 주방에서 봉순이 어머니의 다급한 목소리가 귀청을 때린다.

"뭐 하고 있는 겨! 토끼탕이 다 끓어서 넘치구 있구먼!"

달리다굼

*

하얗다. 배꽃이 달빛에 흥건히 젖고 있다. 배꽃은 희다 못해 푸른빛을 띠고 있다. 연주가 배꽃보다 더 하얀 이를 드러내면서 웃는다. 홍조 띤 볼에 보조개가 파이고 보조개에 달빛이 고인다. 연주는 생시처럼 눈가에 웃음을 머금고 이내이듯 내리는 푸른 달빛을 멀거니 바라보며 정겹게 말한다. 나직하나 또렷한 목소리다. 교수님, 너무 슬퍼하지 마세요. 교수님이 말씀하셨잖아요. 눈에 보이는 것만이 다가 아니라구요. 납득이 안 되는 선과 악의 문제를 가지고 조별 토론을 할 때 하신 말씀, 생각 안 나세요? 두 천사가 여행을 하던 도중에 어느 부잣집에서 하룻밤을 보내게 되었다지요. 거만한 부잣집 사람들은 저택에 있는 수많은 객실 대신 차가운 지하실의 비좁은 공간을 내주었다지요. 딱딱한 마룻바닥에 누워 잠자리에 들 무렵, 늙은 천사가 벽에 구멍이 난 것을 발견하고는 그 구멍을 메워주었습니다. 그것을 보고 있던 젊은 천사가 의아해서 물었습니다. '아니, 우리에게 이렇게 대우하는 자들에게 그런 선의를 베풀 필요가 있습니까?'라고요. 그러자 늙은 천사가 대답했습니다. '눈에 보이는 게 다가 아니라네.' 하고요. 그 다음날 밤, 두 천사는 아주 가난한 집에 머물게 되었는데, 농부인 그 집의 남편과 아내는 두 천사를 아주 따뜻하게 맞아 주었습니다.

자신들이 먹기에도 부족한 음식을 함께 나누었을 뿐 아니라, 자신들의 침대를 내주어 두 천사가 편히 잠잘 수 있도록 배려를 아끼지 않았습니다. 다음날 아침, 날이 밝았습니다. 그런데 농부 내외가 눈물을 흘리고 있었습니다. 우유를 짜서 생계를 유지하던 하나밖에 없던 암소가 들판에 죽어 있었기 때문이었지요. 젊은 천사가 화가 나서 늙은 천사에게 따졌습니다. '어떻게 이런 일이 일어나게 내버려둘 수 있습니까? 부잣집 사람들은 모든 걸 가졌는데도 도와주었으면서, 궁핍한 살림에도 자신들이 가진 전부를 나누려했던 이들의 귀중한 암소를 어떻게 죽게 놔둘 수 있단 말입니까?'하고요. 그러자 늙은 천사가 대답했습니다. '우리가 부잣집 저택 지하실에서 잘 때, 벽 속에 금덩이가 있는 것을 발견했지. 나는 벽에 난 구멍을 봉해서 그들이 금을 찾지 못하게 한 것일세. 어젯밤 우리가 농부의 침대에서 잘 때는 죽음의 천사가 그의 아내를 데려가려고 왔었네. 그래서 대신 암소를 데려가라고 했지. 눈에 보이는 게 다가 아니라네.'하고요. 교수님, 너무 애달파하지 마세요. 이제는 저를 자유롭게 놔두세요. 저는 지금 교수님께서 육안으로만 볼 수 있는 세계가 아닌, 더 큰 자유로운 세계에서 살고 있어요. 정신의 감옥일 수 있는 육체의 집을 떠나서. 세상에는 보이는 것보다 보이지 않는 것이 더 많지 않나요? '너희는 이른 아침에 피어오르는 안개와 같은 존재니라. 형상이 있는 것 같지만, 네가 그 형상을 손으로 만질 수가 있느냐, 잡을 수가 있느냐? 네가 있다고 믿었던 그 형상은 해가 떠오르면 자취도 없이 사라지고 말지 않느냐? 너희 육신도 그와 같으니라'라고 하신 성경 말씀이나, 교수님께서 말씀하신, 눈에 보이는 모든 형상이 실제 형상이 아니라는 것을 깨달으면 바로 여래를 보리라는, 금강경의 말씀도 육안으로 확인할 수 없는 더 큰 세계가 있음을 깨달으라는 깨우침이 아닐까요? 그래요. 근본적으로는 생겨나는 것도 없고 사라지는 것도 없고, 늘어나는 것도 없고 줄어드는 것도 없는, 모든 세계가 하나의 큰 틀 안에서 공존한다고 생각해요. 분명히, 우리는 육안으로 볼 수 없는 더 큰 세계 안에서 연결되어 공존하고 있는 거예요. 살다보면 도저히 이성적으로 이해하고 납득할 수 없는 일들을 만나기도 하지요. 그래서 억울하고 답답한 마음이 날 선 칼이 되어 자신과 주변을 상처 입히기도 하지만, 보이지 않는 이면에는 두 천사의 얘기처럼, 세상을 주관하는 하느님의 따스한 메시지가 있을 거예요. 교수님도, 용주 오빠도 이제 그만 제게서 떠나 주세요. 절 그냥 자유롭게 놔두세요. 우리는 하느님의 더 큰 사랑 안에서 이미 공존하고 있으니까요. 살고 있는 마을이 다를 뿐이죠. 언젠가는 교수님도 용주 오빠도 제가 사는 동네로 이사 오실 거잖아요. 전 이만, 제가 살고 있는 마을로 돌아갈래요. 그리구 교수님도 이제, 용서하고 자유로워지세요! 용서는 타인을 용서하는 것이 아니라, 바로 자신을 용서받고 자유로워지는 것이라는 생각이 드네요. 안녕히 계세요. 연주가 보조개를 지으며 눈인사를 한다. 강청은 푸른 달빛 사이로 가뭇없이 사라져가는 연주의 뒷모습을 바라보며 애절하게 외친다. 안 돼! 돌아와! 너는 아직 그곳에 가 있을 사람이 아니야! 돌아와! 어서! 어서어!

강청은 꿈속에서 애타게 연주를 찾아 헤매다가 번쩍 눈을 뜬다. 또 연주의 꿈을 꾼 것이다.

한동안 연주는 찾아오지 않았다. 꿈길밖에 길이 없어 꿈길로만 찾아오는 연주는 무시로 강청의 꿈속을 드나들었다. 어느 때는 생시처럼 눈가에 장난기 어린 웃음을 매달고, 또 어느 때는 한없이 슬픈 눈빛으로 조잘조잘 세상일이나 자신의 처지를 한탄하다가 슬며시 돌아가곤 했다. 오늘처럼 자기를 잊고 놓아달라는 말은 하지 않았다.

강청은 누운 채로 멍하니 천정을 올려다본다. 방 안은 아직 어둠으로 채워져 있다. 동쪽 유리창이 옅은 회색빛으로 변해가고 있는 것으로 보아 새벽녘인가보다. 용주와 주점에서 자정이 다 되어 헤어져 숙소로 돌아왔으니까 서너 시간 눈을 붙이다 꿈에서 깨어난 것이다.

용주는 많이 지쳐 있었다. 극도의 피로가 쌓인 용주의 눈은 정신마저 피폐해져가고 있는 것이 아닌지 염려될 정도로 초점이 흐렸다. 몽유병자의 눈빛을 연상케 하는 그 눈에 순간순간 분노와 절망의 빛이 번뜩였다. 세월호 침몰사건이 일어나고, 연주가 갇힌 선실에서 용주와 마지막 통화를 하고나서 실종된 후의 용주의 행동은, 실상 몽유병자나 별로 다를 게 없었다.

세월호의 침몰은 대한민국의 환부와 치부를 총체적으로 드러낸 사건이었다. 459명이 승선한 세월호는 인천에서 출발하여 제주도로 향하던 도중 진도 앞바다에서 침몰하여, 304명의 희생자를 냈다. 국민들이 경악하고 분노한 것은, 구조 과정에서 보여준 무기력한 정부의 대응과 양심과 정의가 빈사상태에 빠진 대한민국의 실상 때문이었다. 안심하고 기다리라고 안내방송을 하고 먼저 탈출한 선장과 선원들의 행동보다도 국민들을 비통에 빠지게 한 것은, 72시간 동안 허둥대다가 단 한 명의 생명도 구하지 못한 것은 물론이고, 시신마저도 다 찾지 못한 정부의 위기관리 능력의 부재와 부패의 연결고리였다. 그리고 이러한 어른들의 말만 믿고 선실에서 기다리고 있다가 속수무책으로 수장된 꽃다운 학생들의 억울한 죽음이 비감을 넘어 절망으로 다가왔다.

희생자는 대부분 학생과 교사였다. 세월호에는 수학여행을 떠나는 325명의 고등학교 2학년 학생들과 14명의 인솔교사가 승선하고 있었다. 사고 직후 바로 갑판으로 이동하였더라면 구조되었을 착한 생명들이 위악한 어른들의 말만을 믿고 있다가 참변을 당한 것이다.

연주는 그 학교의 수학여행 인솔교사였다. 연주는 졸업하고 고생 끝에 가까스로 임용고시에 합격하여 사고를 당한 고등학교에 첫 발령을 받았다. 그리고 나서 그 다음해에 2학년 담임을 맡아 수학여행을 인솔하게 된 것이다. 연주는 물이 차오르는 선실에서 마지막 순간까지 학생들의 구조를 돕다가 용주에게 핸드폰을 했다. 핸드폰은 "물이 차오르고 있어! 구명조끼도 없어! 조끼가 없는 학생에게 입혔어! 미안해, 사랑해!"라는 연주의 다급한 말을 전하고 침묵했다.

강청은 용주의 절망을 아프게 지켜보면서 연주의 구조를 애타게 기다렸다. 사고 해역의 구조 현장에도 몇 번 다녀왔다. 그러나 앞 다투어 몰려온 수만의 자원봉사자, 수십만 명이 연일 보내오는 구호물품, 애절한 기원이 담긴 노란 리본과 촛불의 염원에도 불구하고 구조된 사람은 단 한 사람도 없다. 사건이 발생한 지 6개월이 넘은 지금까지 지지부진한 실종자 수

색작업을 벌이고 있지만 10명의 행방은 오리무중이다. 연주는 그 10명의 실종자 가운데 한 사람이다.

용주는 국가가 실종자를 찾는 일을 포기하더라도 자기는 끝까지 연주의 뼛조각이라도 찾아서 위무해주어야 한다면서 오열했다. 결혼을 불과 몇 개월 앞두고 사고를 당한 연인으로서의 애끊는 절규였다.

하용주. 그는 경제과 학생으로 대부분 인문학부의 학생들이 수강하는 '소설과 사회'라는 강청의 강좌를 수강했다. 강의는 다섯 명이 한 조가 되어 화제의 소설을 읽고 토론한 후 지도교수와 함께 정리하는 형식으로 진행되었다. 강좌는 매 학기마다 수강인원이 넘쳐 애를 먹었다. 용주도 수강신청이 끝난 뒤에 복학을 하여 지도교수의 승낙 하에 가까스로 수강이 허락되었다.

용주는 국문과와 독일문화정보학과의 학생들로 구성되어 있는 연주네 조에 편성되었다. 강청이 수업시간에 용주를 소개한 다음, 용주더러 어느 조에 편성되기를 원하느냐고 물었더니 대뜸 연주네 조를 지목했다. 연주네 조원들도 환성을 지르며 환영했다. 여학생들로만 구성된 조여서이기도 하지만, 용주는 큰 키에 미남인데다가 붙임성까지 있어 여학생들의 호감을 사기에 충분했다.

연주네 조는 연주가 조장이었다. 연주는 묘하게 사람의 마음을 잡아끄는 힘이 있었다. 앳된 얼굴에 가냘픈 몸매가 연약한 인상을 주면서도 상대방의 마음을 꿰뚫어보는 듯한 그윽한 눈빛이, 출중한 미모와 함께 호감을 유발했다. 강청도 첫 강의에서 연주를 보는 순간, 유년시절에 가슴 태우던 소녀를 재회한 듯한 감정의 흔들림에 잠시, 자신도 모르게 얼굴을 붉혔다.

연주는 시도 잘 썼다. 그녀가 강청에게 수줍어하면서 보여준 몇 편의 시는 종교적인 색깔을 띤 깊이 있는 서정시였다. 강청이 칭찬을 하면서 언제부터 시를 썼느냐고 물었더니 고등학교 때 백일장에 나가 상도 받았다고 말했다. 시인이 되려고 국문과를 선택했느냐는 질문에는, 그냥 하느님의 크신 사랑을 사람들에게 감동으로 전할 수 있는 시를 썼으면 좋겠다면서 미소를 지었다. 강청이 빙긋이 웃으면서, 너무 종교적인 카테고리에 갇히면 공감의 폭이 좁아지지 않겠느냐고 말했더니, 연주가 정색을 하고 "하느님의 크신 사랑을 만나지 못했다면 제게 지워진 무거운 짐을 감당할 수 없었을 거예요. 하느님의 사랑은 제 삶의 중심이에요." 라고 힘주어 말했다. 연주는 열렬한 가톨릭신자였다. 마더 테레사수녀를 깊이 존경했다. 연주가 신앙에 몰입하게 된 것도 테레사수녀로부터 영향을 받은 것 같았다. 그리고 불우한 가정환경이.

연주는 강청을 따랐다. 연주뿐 아니라 거의 모든 수강생들이 강청에게 다가오기를 희망했다. 그것은 강청 자신이 먼저 가슴을 열고 학생들 속으로 들어가서 그들이 갈구하는 대화의 상대가 되기를 자청했기 때문일 것이다. 강의의 특성 때문이기도 하지만, 강청은 학생들이 조별토론을 준비하는 과정에서 요청이 있으면 시간을 내어 학생들과 격의 없이 대화를 나누었다. 시간과 장소는 대개 방과 후 교내의 쉼터나 잔디밭이었지만 가끔 학교 근처의 호프집 같은 주점에서 모이기도 했다. 강청은 주점에서의 모임을 부흥회라고 명명했다. 부흥회 개최비용은 거의 강청의 헌금으로 충당했다. 복음은 학생들 사이에 삽시간에 전파되어, 수강하지 않는 학생들까지 불청객으로 부흥회에 참석했다.

연주와 가까워진 것도 그 부흥회를 통해서였다. 부흥회에서는 강의의 토론 주제 외에도 깊이 있는 삶의 여러 가지 문제들이 화제에 올랐다. 학생들은 주신이 강림하면 취기를 빌어 자신이 겪고 있는 여러 가지 고민이나 아픔 같은 것을 간증처럼 토로했다. 강청도 취중에 학생들을 위무한답시고, 견뎌낼 수 있는 아픔은 축복일 수 있고, 신은 크게 쓸 인간은 언제나 눈물과 아픔으로 먼저 단련시키는데 소위 위인이라고 하는 인간들은 그 고통의 바다를 헤엄쳐 건너온 사람들이라고 말하면서, 자신의 아픈 과거를 드러내 보이기도 했다. 강청의 아픔을 연주가 가장 많이 공감했다. 연주는 강청을 해직시킨 이사장의 광기 어린 신앙을 안타까워하면서 강청에게, 지금도 하느님을 믿느냐고 물었다. 강청이 그 질문에, "교회에 나가느냐고?"라고 반문하자, 연주는 "교회고 성당이고 하느님의 진정한 사랑을 저버리지 않는 것이 중요하지요." 하면서 걱정스럽게 강청을 바라보았다.

그 일이 있은 후 연주는 자주 연구실로 강청을 찾아왔다. 자매처럼 붙어 다니는 정다혜 학생과 함께였다. 다혜도 열렬한 천주교 신자였다. 다혜 역시 청순한 미모에 차분한 성격이면서도 자기주장이 분명했다. 다혜는 연주에 비해 키도 크고 당찬 데가 있어서 연주보다 나이가 적은데도 언니 같은 인상을 주었다. 두 사람은 하느님의 밀명을 받은 수호천사처럼, 틈만 있으면 자신들이 알고 있는 신앙적이 지식과 체험을 쥐어짜내어, 예수의 인간 사랑이 얼마나 크고 깊은지를 강청에게 이해시키려고 하였다. 강청은 그들의 눈물겨운 전도에 감복하면서도 한편으로 그들의 신앙이 자칫 또 다른 형태의 광신으로 빠져들지나 않을까 우려되었다. 강청이 그런 생각을 갖게 된 것은, 강청이 철학과 종교에 관련된 강의를 하면서 불교의 경전을 많이 인용하는 것에 대하여 연주가 안타까운 시선으로 그를 바라보는 것을 감지할 수 있었기 때문이었다. 연주는 강청과 신앙적인 토론을 하면서 더러 우수 어린 절망감 같은 것도 내비칠 때가 있었다. 그 안타까움과 절망감은 강청이 자기보다 이론적으로 더 무장되어 있고 논리가 정연하여 쉽사리 비집고 들어갈 틈이 없는 난공불락의 성 같다는 자괴감에서 오는 듯했다.

어쨌거나 강청은 연주의 방문을 반겼다. 연주의 방문이 뜸하면 기다려지기도 했다. 몇 주나 개인적인 만남이 없으면 무의식적으로 핸드폰을 꺼내 연주의 전화번호를 누르는 자신의 행동에 놀라기도 했다. 그는 고독했고, 누구건 헝클어진 마음의 빗질을 해줄 사람을 내심 갈구하고 있었던 것이다.

강청은 침대에서 천천히 몸을 일으킨다. 이불을 걷어치우고 침대 맡에 놓인 책상의 전기스탠드를 켠다. 스탠드의 불빛이 십여 평 남짓한 공간을 다 잠식하지 못한다. 강청은 슬립 퍼를 신고 비틀걸음으로 창가로 다가간다. 창에 이마를 대고 잿빛 어둠이 풀리고 있는 창밖을 내다본다. 밖은 안개와 어둠이 뒤엉켜 있다. 오솔길을 따라 강의 동으로 이어진 가로등

불빛이 안개와 어둠의 포옹을 힘겹게 밀쳐내고 있다.

　강청은 멍하니 흐릿한 가로등불빛을 바라보며 용주를 생각한다. 강청이 연구실에서 짐을 정리하다가 용주의 전화를 받은 건 오후 세 시를 조금 넘긴 시각이었다. "지금 학교에 계신가요?" 핸드폰을 통해 들려오는 용주의 음성은 탁하고 메말랐다. 그 메마르고 지친 음성에서 그 동안 그의 마음고생이 얼마나 심했는가를 감지할 수 있었다. 강청이 지금 어디에서 전화를 하느냐고 물었더니 대전역이라고 했다. 대흥동 성당에서 시국미사를 보고 다혜를 만나러 조치원읍으로 가려고 열차를 탔다고 했다. 대학원에 진학하여 유급 조교로 근무하고 있는 다혜를 다섯 시에 '마니 줘'식당에서 만나기로 했는데 강청에게 시간을 낼 수 있느냐고 물었다. 마니 줘 식당은 학교 후문 쪽에 있는 한식 음식점이다. 동태찌개와 삼겹살이 주 메뉴인데 삼겹살을 많이 준다고 상호를 '마니 줘'로 붙였는지 주인여자의 마음씀씀이가 넉넉했다. 강청은 그 식당에서 자주 학생들과 부흥회를 가졌다. 연주도 주인여자의 구수한 충청도 사투리와 후덕한 인심을 좋아했다.

　강청은 다섯 시가 조금 넘어서 마니 줘 식당으로 갔다. 강청이 출입문을 밀고 식당 안으로 들어서니까, 식당 입구에 놓인 계산대 앞에 앉아 있던 여주인이 거구의 몸을 일으키며 반갑게 인사를 했다. 사십대 후반의 여주인은 여자 스모선수를 연상케 할 만큼 몸이 뚱뚱하면서도 얼굴은 동안이다. 서글서글한 눈매가 사람의 마음을 편안하게 한다.

　"교수님 오셨내유. 학교에 기셨던개벼유. 추우시쥬? 날씨가 장난이 아니네유."

"그러게요. 여름 생각하면 시원해서 좋기는 한데……."

강청이 신발을 벗어 신발장에 넣고 홀 위로 올라서자 주방에서 음식을 만들고 있던 주방여자가 고개를 내밀고 아는 체를 했다.

"교수님 오셨슈. 길이 굉장히 미끄럽지유?"

"눈이 녹지 않아서 길이 반들반들하네요."

"조심하셔야 해유. 저두 엊저녁이 일 끝내구 집으루 가다가아, 언덕빼기서 미끄러 넘어져서 허리에 파스를 붙이구 나왔슈."

강청은 주방여자가 빙판에서 나뒹구는 장면이 연상되어 저도 모르게 웃음이 나왔다. 주방여자도 주인여자 못지않게 풍풍한 거구인데다 나이와 인상까지 비슷해서 누구나 두 사람을 자매로 보기가 십상이다. 그 체구에 빙판에서 나뒹굴었을 것을 생각하니까 절로 미소가 흘렀다.

"크게 다치지는 않았어요?"

"허리가 좀 욱씬거리기는 해두 그냥 견딜만은 해유."

"다행이네요."

그때 홀 안쪽에 있는 방에서 용주와 다혜가 나왔다. 미닫이문으로 가려진 홀 안쪽의 방은 홀보다 더 넓어서 학생들의 과모임이나 동아리모임으로 쓰이는 공간이다.

"교수님을 모시고 내려올 걸 그랬나 봐요."

다혜가 먼저 웃으며 인사했다. 미소 짓는 다혜의 해맑은 얼굴이 전에 없이 어두웠다. 용주와 나누고 있던 대화가 어떤 내용이었는지 짐작이 되었다.

용주가 충혈된 눈으로 허탈하게 말했다.

"일찍 도착했거든요. 제가 다혜더러 빨리 내려오라고 했습니다. 교수님 모시고 예배를 시작해야 하는데 저희들이 먼저 주님을 영접했습니다."

"잘했어. 이 주님은 절차가 복잡한 걸 좋아하시지 않잖아. 들어가자구."

"이모, 교수님 상 좀 봐주세요."

용주가 주인여자에게 한마디 던지고, 앞장서 방으로 들어갔다. 방 안에는 손님이 없었다. 이십여 평 남짓한 방 안에는 고기 굽는 가스레인지가 놓인 상이 네 줄로 길게 배열되어 있었다. 음식은 둘째 줄 상 끝에 차려져 있었다.

"여기 앉으세요. 제가 용주 오빠 옆으로 갈게요."

다혜가 제가 앉았던 자리를 강청에게 권하고 건너편 용주 옆자리로 가서 앉았다. 용주가 삼겹살을 굽고 있던 불판에 다시 불을 댕기는데 주인여자가 강청이 사용할 컵과 접시 등을 챙겨가지고 들어왔다.

"뭐 더 시키실 게 있나유?"

주인여자가 강청 앞에 그릇을 놓으며 물었다.

"삼겹살 이인 분하고요, 상추하고 마늘하고 고추 좀 더 주세요. 소주 한 병하고 맥주 두 병도요."

용주가 대답하고 맥주병을 집어 들었다.

"교수님, 소맥으로 드릴까요?"

"그러지…… 소맥으로 들, 한 것 같은데."

다혜가 빠르게 강청의 말을 받았다.

"아녜요. 전…… 맥주만 조금 마셨어요."

"왜? 다혜 신앙심도 만만치 않잖아?"

다혜가 쓴웃음을 지었다.

"오늘은, 신앙심에 발동이 잘 안 걸리네요."

"그래? 술 마실 기분들이 아니었나…… 하기는…….'

강청이 연주 생각을 하면서 말끝을 흐리는데 용주가 머쓱한 표정을 짓
는다.

"제 말에 기분이 좀 상했나 봐요."

"무슨 말을 했는데?"

"……."

용주가 시선을 떨어뜨리고 입을 열지 않자 다혜가 머뭇거리다가 입을
열었다.

"용주 오빠더러…… 이제 고통의 짐을 하나씩 내려놓고 자신의 자리로
돌아오라고 했더니…… ."

역시 연주 때문이었다. 강청은 가슴이 아려왔다. 강청은 말없이 잔을
비우고 나서 무겁게 입을 열었다.

"누구든 고통은 싫어하고, 피하려고 하지만 그게 쉽지가 않지. 피하고
싶지만 고통은 자꾸 따라와 앞을 가로막고…… 끝없이 반복되는 고통의
굴레…… 그 자체가 절망이고 공포지."

"그렇다고 그대로 자신을 고통 속에 방치할 순 없잖아요? 그래서도 안

되고요."

"시간 속에서 묘약을 찾는 수밖에 달리 방법이 있을까……."

용주가 강청의 말을 차 잡고 들었다.

"체념하고 그냥 시간을 흘러 보내면서 고통이 사라지기를 기다리라는 말씀이신가요? 그건 근본적으로 고통을 치료하는 방법이 아니잖아요? 심각한 중병에 걸렸음에도 통증을 느끼지 못하도록 계속 진통제만 투여하면 환자는 결국 죽고 말아요. 오늘 신부님이 시국 미사에서 말씀하셨어요. 지금 대한민국은 집단 신경증에 빠져버린 것 같다고요. 칼 구스타브 융이라고 하는 스위스의 정신분석학자가 '모든 신경증은 정당한 고통을 회피한 대가다. 마땅히 겪어야 할 고통, 직시하고 극복해내야 할 고통을 외면하고 피해버렸을 때 그 결과는 노이로제와 같은 정신질환으로 이어지게 된다.'는데, 지금 대한민국은 독재자들과 그들을 추종하는 이들이 투여하는 진통제에 속수무책으로 병이 더 깊어져가고 있다고요. 그 진통제의 이름은 '잊어라, 피하라, 덮어라'라고요."

용주는 목이 타는지 맥주를 한 모금 마시고 나서 말을 이었다.

"독재자들은, 그의 추종자들은, 고통의 기억을 망각케 하고 고통으로부터 도망치게 만듦으로써 오히려 고통에 대해 저항하지 못하고 고통스런 현실을 극복하려는 노력을 포기하게끔 만들어버린다는 거지요. 그럼으로써 자신들의 독재와 폭력을 더욱 공고히 해나간다는 겁니다. 그래서 이 시대에도 여전히, 현실의 부조리와 거기에서 오는 고통을 사람들이 의식하지 못하도록 수많은 방법이 총동원됩니다. 대한민국을 뒤덮고 있는 온갖 향락산업들, 선정적이고 음란한 방송들, 영혼 없는 웃음만 가득한 수많은 오락프로그램, 그 바닥이 어딘지 가늠할 수도 없는 수많은 막장드라마들이 사람들의 정신 줄을 빼놓고 이 시대의 부조리와 고통을 직시하지 못하도록 방해합니다."

"그렇다면……."

다혜가 음울한 눈빛으로 용주를 처연하게 바라보았다.

"지금, 무얼, 어떻게 해야 돼?"

"아까도 말했잖아. 그 해답을 성서는 매우 역설적인 차원으로 설명하고 있다고. '고통을 피하지 말고 직시하라!' 이것이 성서가 전하는, 그리고 예수님께서 우리에게 말씀하시는 고통을 극복하는 방법이야! 끔찍스러운 고통, 떠올리기도 싫은 삶의 고통의 기억이지만 그러나 그 고통은 잊어버리고 피해야 할 것이 아니라, 기억하고 두 눈 똑바로 뜨고 바라보고 극복해내야만 해! 다혜도 알고 있잖아. 모세와 함께 이집트를 탈출한 이스라엘 백성들이 겪어야 했던 고통을."

"광야에서 불뱀에 물려 죽게 된 이스라엘 백성들의 얘기?"

"그래, 그거야!"

핏발 선 용주의 눈에 힘이 더 들어갔다. 억양도 높아졌다.

"그것은 자기들을 구해주신 하느님의 사랑을 잊어버리고, 불만에 가득 차 불평만 하다가, 급기야는 이집트의 종살이를 그리워하기까지 하는 배은망덕한 이스라엘 백성들에게 내린 하느님의 형벌이고 채찍이었지. 광야에서 불뱀에 물려 죽게 되자 그제야 이스라엘 백성들은 하느님께 살려달라고 애원하잖아. 자비로우신 하느님은 모세를 시켜 그들을 다시 살려 주시지. 그런데 그 방법이 참으로 묘하잖아. 안 그래?"

"하느님이 모세에게 불뱀 모양을 똑같이 만들어서 기둥에 매달아 놓고 이스라엘 백성들이 쳐다보게 하라고 지시한 거 말야?"

"이상하잖아. 끔찍스런 기억들은 떠올리기도 싫고 그것을 연상케 하는 것조차 두려워하는 게 사람 마음인데……."

구약성서의 구리뱀 이야기는 강청도 알고 있는 내용이었다.

"십자가의 역설로 이해되는, 광야의 구리뱀이 십자가의 예표로 말하여지는 그 이야기 말인가? 하느님이 불뱀에 물려 죽어가는 이스라엘 백성들을 살리실 때, 왜 하필 그 끔찍스런 불뱀 모양을 다시 쳐다보게 하셨는지 말하고 싶은 건가?"

용주의 눈빛이 환하게 밝아졌다.

"역시 교수님은 성경을 깊이 이해하고 계시네요. 그렇습니다. 바로 그겁니다! 그들은 구리뱀을 바라보면서 광야에서 불행하게 물려 주게 되는 현실을 직시하게 되었고, 그 속에서 그 고통의 원인이 되는 자신의 죄와 그 고통을 넘어서게 해주는 하느님의 사랑과 구원을 바라볼 수 있었던 거지요. 그럼으로써 그들은 인간의 죄와 그로 인한 고통을 뛰어넘을 수 있는 것은, 사랑이신 하느님께 대한 오롯한 믿음 안에서만 가능하다는 깨우침을 얻게 된 것이지요. …… 신부님이 물으시데요. 십자가, 세상의 고통이 다 달려있는 것 같은 예수님의 그 십자가를 바라보기가 편하냐고! 사실은 신부님도 쳐다보기 싫고, 피하고 싶다고! 자꾸 네가 지고 가라고 손짓하는 것 같아서 더 바라보기가 싫다고 하시면서, 그러나 바라보아야 한다고 외치셨습니다. 왜냐하면 거기에는 사랑이신 하느님을 못 박아 버린 우리의 죄가 드러나고, 우리의 죄가 만들어낸 세상의 무수한 고통들이 드러나고, 그럼에도 불구하고 우리를 여전히 사랑하시는 하느님의 용서와 구원이 드러나고, 그 사랑과 용서에로 우리를 초대하신 하느님의 부르심이 드러나기 때문이라고 하셨습니다."

다혜가 조심스럽게 용주의 표정을 살피며 물었다.

"용주 오빠가 말하고 싶은 건…… 세월호 사건이 아냐?"

"그래, 맞아! 세월호! 세월호는 이 시대의 십자가야! 거기에는 수백 명의 무고한 아이들을 차갑고 어두운 바닷물 속에 수장시켜버린 자들의 끔찍스런 죄악이 담겨 있고, 그러한 만행에도 불구하고 여전히 그들을 지지하거나 그들의 악행에 대해 침묵하고 있는 자들의 죄악이 담겨 있고, 가족을 잃고 비탄에 잠겨 있는 이들을 위로해주기는커녕 그들을 모욕하고 조롱하는 자들의 죄악이 담겨 있고, 이런 현실에 대해서 침묵으로 일관하는 대다수 사람들의 무관심이라는 죄가 담겨 있지! 그리고 거기에는 죄 없이 죽어간 아이들의 죽음과 그 아이들과 함께 죽어버린 유가족의 슬픔과 그 속에서 함께 고통당하고 계시는 착하신 예수님의 흐느낌이 담겨 있어. 또한 거기에는 우리의 뼈를 깎는 참회와 서로를 살리는 사랑을 촉구하시는 하느님의 애절한 호소가 담겨 있어! 우리는……."

용주가 비감에 젖은 목소리로 잠시 말을 끊었다.

"……우리는 이 고통을 외면해서는 안 돼! 우리의 죄에 대해서 눈감아버려서는 안 돼! 희생자와 가족들의 울부짖음에 귀 막아서는 안 돼! 우리가 할 수 있는 노력에 대해 무관심해서는 절대 안 돼! 세월호라는 십자가를 충실히 지고 가야만 해!

하지만, 많은 사람들이 우리의 이러한 노력을 방해하려고 해! 그들은 말하지. 다 잊어버리고 새로 시작하자고! 아픈 기억 끔찍한 기억들 이제 지긋지긋하니까 그만하자고! 그러면서 고통을 직시하고 고통을 극복해내려는 사람들을 괴롭혀! 심지어는 진실을 덮어버리고 조작과 왜곡까지 서슴지 않아! 그리고는 해서는 안 될 일까지 저지르지. 유가족의 가슴에 이중 삼중으로 비수를 꽂아대는 거야!

왜 그렇게 하는 것일까? 무엇이 두려운 것일까? 뻔하잖아. 그것은 세월호의 고통을 바라볼 때 그 속에서 수백 명의 아이들을 죽음으로 몰고 간 자신들의 죄악과 허물이 드러나는 것이 두려워서야! 돈과 권력이 최고라고 하는 이 시대의 썩어빠진 가치관, 온갖 비리와 부조리를 정당화 시켜 주는 그 가치관이 적나라하게 파헤쳐져 드러나는 것이 불편해서야! 그래서 그들은 계속해서 잊어라, 덮어라, 피하라고 말하지. 국민들에게 여전히 '그 자리에 가만히 있으라'고 외치지! 그 끔직스러운 '세월호 안내방송'이 대한민국 전역에 울려 퍼지고 있어!

이 말들은 모두 시국미사를 봉헌하면서, 마테오 김 신부님이 하신 말씀이야. '너도 가서 그렇게 하여라!'고 주님께서 우리에게 하시는 말씀이기도 하고. 오늘 시국미사를 통해 많은 생각을 하게 됐어."

용주가 어깨를 들썩이며 길게 숨을 내뿜었다.

"이제 알겠어? 그만 제 자리로 돌아오라고 다혜가 한 말, 그 말이 왜 고 맙게만 들리지 않는 건지!"

다혜가 침통한 얼굴로 고개를 끄덕였다.

강청도 용주에게 더 이상 할 말이 없었다. 이 나라에서는 공분이 지속 되어 사회를 개선하고 변화시키기가 어렵다는 것을 뼈저리게 체험한 그였 다. 세월호 사건 역시 예외일 수 있을까. 그는 음울한 기분에 말없이 술잔 만 기울였다. 다혜를 보내고 나서 용주와 호프집으로 자리를 옮겨 대화 를 계속하면서도 술로밖에 달리 아픔을 달랠 방법이 없었다.

강청은 창밖을 하염없이 바라본다. 점점 엷어져가는 안개 속에서 사물 이 흐릿하게 모습을 드러내기 시작한다. 멀리 후문 쪽으로 내려가는 길 끝에, 국제농심관의 석조건물이 안개에 둘러싸인 성처럼 조금씩 위용을 드러내고 있다. 그 건물 뒤로 선혈처럼 붉게 번지는 불빛이 시선을 잡아 끈다. 십자가의 형광 불빛이다. 포도원 교회에서 세운 십자가다.

포도원 교회는 국제농심관 뒤편의 야산 언덕배기에 세워졌다. 잡목이 듬성듬성 서있는 야산은 면적이 적어서 산이라기보다 공터에 가깝다. 강 청은 교직원 숙소에서 마니 쥐 식당으로 갈 때는 언제나 국제농심관 옆으 로 난 야산의 지름길을 이용하곤 하는데 그때마다 포도원 교회 옆을 지 나간다. 교회는 전원주택처럼 조립식으로 아담하게 지어졌다. 자그마한 앞마당에는 잔디가 깔려 있고 출입구 옆에 포도나무가 심어져 있다.

포도원 교회는 언제나 조용했다. 캠퍼스 선교를 목적으로 k대학 바로 옆에 교회를 지었다는데 신자는 거의 없는 듯했다. 목사 부부인 듯싶은 사십대 남녀가 출입하는 것을 몇 번 본 것이 전부였다.

강청은 딱 한 번 그 포도원 교회 안으로 들어가 본 적이 있다. 재작년 늦가을 어느 수요일 밤이었다. 강청은 그날 마니 줘 식당에서 혼자 식사를 하고 숙소로 돌아오다가 포도원 교회 앞에서 발을 멈췄다. 술을 마시고 가파른 언덕배기를 힘들게 올라오다보니 숨이 차기도 했지만, 불이 환한 교회당 안에서 흘러나오는 찬송가소리가 그날따라 묘하게 그의 감성을 자극했다. 그는 며칠째 우울한 기분을 털어내지 못하고 있었다. 어머니 때문이었다.

그 주는 밀린 원고와 강의준비 때문에 2주 만에 어머니를 뵈러 갔다. 어머니가 사는 투 룸 빌라에 도착한 것은 밤 열 시가 넘어서였다. 열쇠로 출입문을 열고 들어서니까 거실 불이 꺼져 있었다. 신발을 벗어놓고, 손바닥만한 주방을 지나 거실 입구에 붙은 전등스위치를 더듬어서 불을 켜려는데, 어머니가 기거하는 작은 방 쪽에서 흐느낌소리가 들렸다. "······어서 나좀 데려가. 귀나 들리구 아픈 디나 없어야지. 이게 사는 거여. 왜 이르케 오래 살아서 큰애 짐만 되는 거여. 자식들 하나 변변하게 사는 게 없구······ 큰애까장 나 때문에 마음 편할 날이 없어. 내가 지속 알구 지가 내속 아는디······ 이르케 오래 안 오는 거 보니께 또 속이 아픈개벼. 다른 것들은 다 그래두 곁에서 걱정해 줄 식구들이래두 있는디······ 내가 당신 곁으루 어서 가야햐. 그래야 갸가 쬐끔이래두 마음이 편햐. 어이구······부처님, 저좀 빨리 데려가세요······" 강청은 감전이라도 된 듯 그 자리에 서서 움직이지 못했다. 한참 만에 감정을 갈무리고 나서야 방문을 노크하며 어머니를 불렀다. 그러나 어머니는 듣지 못하고 넋두리를 계속했다. 강청이 방문을 열고 방에 들어가 벽에 붙은 전기스위치를 올려 방 안이 환해지자 그제야 어머니는 강청을 알아보았다. 이불을 덮고 아버지의 영정사진이 놓인 앉은뱅이책상을 향해 모로 누워 있던 어머니는 강청을 보고 황급히 손등으로 눈물을 훔쳤다. 강청이 어디가 아프냐고 묻자, 어머니는 며칠째 감기가 나가지 않아서 몸이 좀 찌뿌듯할 뿐이라고 어색한 웃음으로 얼버무렸다. 그때 받은 충격이 오래 동안 통증으로 남았다. 그날도 강청은 식사를 하면서 식당 여자들과 이 얘기 저 얘기 끝에 어머니의 흐느낌이 귓가에 맴돌아 적지 않게 술을 마셨다.

스산한 낙엽 지는 소리 때문이었을까, 허탈감 때문이었을까, 강청은 교회 앞에서 머뭇거리다가 이끌리듯이 교회당 안으로 들어갔다. 예배를 보고 있는 신자는 일곱 명이었다. 모두 노인들이었다. 육십 대로 보이는 남녀 말고는 경로당 출입도 쉽지 않아 보였다. 그 노인들을 상대로 목사가 노트북을 켜놓고 목청을 높여 설교를 시작하고 있었다. 강청이 교회 앞에서 몇 번 마주쳤던 사십대 초반으로 보이는 바로 그 목사였다. 목사는 강청이 들어와 출입구 가까이에 있는 의자에 앉자 조금 긴장하는 표정으로, 그러면서도 뜻하지 않은 고객의 방문을 받고 기분이 고양된 점원처럼 눈빛이 밝아지면서 목소리에 힘이 들어가기 시작했다. "……이 세상의 온갖 영화가 헛되다는 것을 아셨지요? 오직 믿고 매달려야 하는 것은 부활로 간증하신 예수님뿐입니다! 마가복음의 귀중한 메시지는…… 두 제자의 엠마오 체험기나 도마의 참회록, 그리고 디베랴 바다의 후속 기사는 오늘날에도 살아 있는 부활 계시의 보화입니다. 만일 이들이 없었다면 영광의 부활에 대한 공감의 확신은 반감되었을 것이고……" 목사는 열심히 노트북을 보고 성경을 인용하면서 설교에 열을 올렸다. 하지만 목사의 설교는 어려웠고 신자들의 반응은 신통치가 못 했다. 꾸벅꾸벅 조는 신자가 있는가 하면 어서 예배를 끝내고 집으로 돌아가 피곤한 육신을 눕히고 싶어 하는 표정들도 눈에 띄었다. 강청은 더 앉아 있기가 민망해서, 함께 예배에 참석한 어머니를 억지로 끌고 나오기라도 하는 것처럼, 데면데면 자리를 털고 일어났다.

강청은 다시 십자가의 불빛을 뚫어져라 바라본다. 십자가의 불빛은 가시면류관을 쓰고 피를 흘리며 십자가에 매달려 있는 예수의 처연한 모습이듯 강렬하다. 예수님, 당신은 진정 인간의 죄를 대속하고자 십자가에 매달리셨습니까. 밤이면 도회가 공동묘지이기나 한 것처럼 십자가의 불빛은 늘어만 가는데도 왜 인간의 죄악은 더 깊어지고 많아만 집니까. 당신을 통하지 않고서는 구원을 얻을 수 없다면 당신이 오기 전의 인간들은 아무리 당신의 뜻에 합당한 선행을 했어도 진정 구원을 받을 수 없습니까. 칼 야스퍼스가 욥기를 인용하여 비극의 본질을 말한 것처럼, 옹기장이의 비유에 관한 에피소드처럼, 다 같이 진흙으로 만든 도기인데 왜 저 꽃병은 주인의 거실에서 환대를 받고 나는 쓰레기통으로 만들어 천대를 하느냐고 쓰레기통이 옹기장이에게 항의를 해서는 안 되는 것입니까. 당신이 오기 전의 인간들은 다 지옥으로 갔다면 그것이 진정 하나님의 뜻이고 섭리입니까. 정녕 하늘나라의 초월적 진리와 세속의 진리는 그 차원이 다른 곳에 있는 것입니까. 강청은 마음속으로 절규하며 세월호의 희생자들을 생각한다. 연주를 생각한다. 연주같이 선량하고 믿음이 투철한 신자는 비극적인 죽음을 맞이하게 하면서 하나님의 이름을 팔아 온갖 죄악을 자행하며 세월호의 참극을 가져오게 한 구원파 종교집단은 어째서 미리 정죄하지 않았는지, 그것이 하늘나라의 진정한 역설적 진리인지 아무리 이해를 하려해도 납득이 안 된다. 그러다가 연주가 꿈속에서 생생하게 상기시킨 두 천사의 이야기를 떠올리고 마음을 가라앉힌다.

강청은 창가에서 물러나 다시 침대 쪽으로 걸음을 옮긴다. 책장 위에 놓인 탁상시계로 시선을 준다. 다섯 시 오 분. 강청은 시계를 보며 어머니를 생각한다. 어머니는 지금 거실에 설치해 놓은 작은 제단 앞에서 향을 피워 놓고 아들을 위해 기도하고 있을 것이다.

어머니는 새벽 네 시 경이면 어김없이 잠자리에서 일어난다. 어머니는 찬물로 세수를 하고 나서 주방 싱크대에 청수를 떠놓고 조왕신에게 머리를 조아린다. 그것은, 부엌에 있으면서 길흉을 판단한다는 부뚜막 신에게, 어머니가 갓 시집와서부터 행해온 의식이다. 그런 다음 다섯 시가 되면 TV의 채널을 돌려 불교 예불방송을 튼다. 제단 앞에 서서 어머니의 방식대로 기도를 시작한다. 어머니는 먼저 강청의 건강과 무탈을 간절하게 빈다. 무릎 관절이 아프면 무릎, 위에 염증이 생기면 속병을 낫게 해달라고 의사가 방사선 치료를 하듯이 일일이 환부를 지적하며 치유를 빈다. 이어서 나머지 자식과 손자들을 위해 기도한다. 어머니에게는 가족의 안위가 국가의 안녕이고 세계평화다. 예수의 재림이고, 미륵세상의 도래다.

강청이 어머니를 위해 만든 제단 위에는 약사여래불과 예수를 품에 안은 성모마리아상이 양 옆에 모셔져 있다. 그리고 한가운데에 강청이 옥돌로 주문하여 만든 작은 타원형의 조형물이 자리 잡고 있다. 강청은 그 조형물에 '어디서 무엇을 찾아 헤매고 있느냐, 길은 네 안에 있다, 우리가 너와 함께 그 길로 가리라'는 글귀를 새겨 넣었다. 그 글귀는 아내와 두 아들에게 주고 싶은 메시지이며 모든 신앙인들에게 외치고 싶은 화두이기도 하다.

아내는 원래 불교신자였다가 천주교로 개종했다. 아내는 불교가 너무 어렵고 대중과 친화력이 없다면서 친구들의 권유에 따라 천주교 신자가 되었다. 아내가 예수를 먼저 접하게 된 것은 기독교를 통해서였다. 강청이 근무하던 공립 간호대학이 국가의 시책에 의해 사립화 되고 그 재단이 다시 이익병이 경영하는 혜원학원으로 옮기고서였다. 이사장인 이익병은 가족까지 선교하여 학교 안에 있는 혜원교회에 동참시키지 않으면 혜원학원의 녹을 먹을 수 없다고 으름장을 놓았다. 모두들 울며 겨자 먹기로 교회를 옮기고 가족들을 동참시켰다. 강청도 많은 갈등 끝에 조심스럽게 아내에게 학교의 분위기를 말했다. 아내는 강청의 고충을 이해하고 동참하면서도 솔직하게 불만을 털어놓았다. "혜원교회는 이사장의 복을 빌어주기 위해서 세운 신당 같아요. 교회가 하나님의 은혜를 접하게 하기 보다는 오히려 하나님으로부터 멀어지게 하는 역할을 하고 있는 것 같아요. 목사들도 하나님의 뜻을 살피기보다는 이사장의 눈치를 살피기에만 급급한 것 같구요." 강청은 그런 아내에게 미안해하며 진심으로 말했다. "나도 신앙이 얕아서 뭐라 할 말이 없지만, 교회를 보고 믿고 사람을 보고 믿으면 반드시 실망하기 마련이라고 생각해요. 구원이나 평화는 오직 성경 말씀을 통해서만 오는 것이라고 봐요. 아성을 죽이고 겸허하게 기다려봅시다. 마음 문이 열릴 때까지." 아내가 그의 뜻을 이해하고 마음 문을 열어가고 있는 중에 강청이 뜻하지 않게 해직을 당했고, 아내는 그 일로 인해 개신교에 회의를 느끼게 된 것 같았다. 두 아들도 아내를 따라 영세를 받았다.

어머니의 기독교에 대한 반감은 더 심했다. 불교고 기독교고 어머니는 불경 한 구절, 성경 한 구절 제대로 아는 것이 없다. 어머니에게 교리가 있다면 '콩 심은 데 콩 나고, 팥 심은 데 팥 난다'는 생활신조요, 착하고 양심적으로 살아야 복덕을 짓는다는 것이 믿음의 전부다. 어머니가 조앙신에게 머리를 조아리는 것도, 불상 앞에서 절을 하는 것도 그런 믿음에서다. 그런 어머니의 입장에서는, 하나님을 믿는다면서 착한 아들에게 오명을 뒤집어씌워 가정을 파탄에 빠뜨린 이익병은 저주의 대상일 뿐 아니라, 예수의 예, 자만 들어도 울화가 치밀지 않을 수 없을 것이다.

강청이 제단 위에 약사여래와 마리아상을 모셔 놓을 때도 어머니는 마뜩치 않은 낯빛을 했다. 부처는 몰라도 왜 예수고 마리아냐는 표정이었다. 강청은 그렇게 내키지 않아하는 어머니에게, 약사여래 부처님은 인간의 병을 고쳐 주시고, 성모마리아는 인간의 고난을 예수님께 대신 간구하여 환란으로부터 보호해 주시는 분이니 기도하며 마음을 닦으면 어머니에게 건강과 평안을 주실 것이라고 애써 이해를 구했다. 그리고 제단 위 벽에 걸어놓은 액자의 글귀에 대해서도 설명했다. '일체 유심조(一切唯心

造). '무릇 지킬 만한 것보다 더욱 네 마음을 지키라. 생명이 이에서 남이라〈잠언 4장 23절〉'. 불경도 성경도 결국은 마음 안에서 모든 것이 이루어진다고 가르치고 있듯이, 예수나 부처나 인간을 위해 이 세상에 온 분들이니 그 근본은 하나라고 설득했다. 그러면서 어머니가 애지중지하는 손자들도 성당에 나가는데 그 애들을 위해서도 함께 기도하면 좋지 않겠느냐고 덧붙였다. 어떤 장황한 설명보다도 손자들이 성당에 나간다는 대목에서 어머니는 마리아상에 대한 불만을 누그러뜨렸다. 똑똑한 손자들이 어련히 알아서 성당에 나가겠느냐고.

강청이 마리아상을 천주교 성물 보급소에서 구입하는 데는 다소 애로가 있었다. 성물보급소에 가서 마리아상을 주문하니까 영세를 받았느냐고 물었다. 그러면서 마리아상을 집안에 모시려면 신부님의 의식이 필요하다고 했다. 강청은 입장이 난처했지만, 마침 판매원이 강청이 가톨릭 재단의 여학교에서 근무한 경력이 있다는 것을 아는 신자여서 더 이상 캐묻거나 조건을 달지 않았다. 강청은 마리아상을 낚아채듯이 받아들고 황급히 성물보급소를 빠져나왔다.

강청은 약사여래도, 마리아상도 의식의 절차 없이 제단에 모셨다. 그리고 두 성상의 한가운데에, 지허(智虛) 스님과 우주의 배꼽이라고 일컫는 중국의 광활한 초원의 제(祭)터에서 기도를 하다가 얻은, 제단 모양의 작은 돌을 올려놓았다. 구원의 창조주는 오직 한 분뿐이라면, 어떤 이름으로 불리건, 강림하여 정좌하시라고.

오산리의 봄

오산리의 봄은 마니 줘 식당의 냉잇국 냄새와 주인여자의 푸짐한 웃음소리로 시작된다. '산 너머 남촌에는 누가 살길래 해마다 봄바람이 남으로 부우나……'하고 주방여자가 TV에서 흘러나오는 노랫소리에 맞춰 콧노래를 흥얼거리자 주인여자가 "봄은 진짜 봄인개벼…… 말만한 지지배덜 싱숭싱숭하것네." 하고 깔깔거린다.

"교수님두 봄이 오먼…… 괜히 맘이 좀 거시기 하시지유?"

주인여자가 봄기운이 완연한 창밖에 시선을 준 채 식사를 하고 있는 강청에게 뜬금없이 한마디 툭 던진다. 강청은 냉이 무침을 젓가락으로 집으며 동문서답을 한다.

"이 냉이, 직접 뜯은 건가요?"

"뜯기는유…… 언제 나물 뜯으러 갈 시간이 있남유…… 칠봉산 산삐알 밭티 가면 냉이는 지천일틴디…….."

주인여자의 말에 주방여자가 토를 단다.

"임 보러 뽕 따러 갈 시간두 웁시유. 차암, 사는 게 뭔지…….."

"그려…… 지나고 보면 다 헛것인디 말여…….."

주인여자가 한숨을 포옥 내쉬고 나서 또 강청에게 묻는다.

"근디 짐은 좀 정리가 되셨슈?"

"짐이랄 게 뭐 있나요. 이사를 온 것도 아니고, 며칠씩 잠만 자면서 왔다 갔다 하는데……."

"그래두 조석을 끓여 잡수실래두 엔간한 세간은 다 갖춰야 하지 않남유. 그라구 이것저것 신경 쓸 게 좀 많어유. 더군다나 교수님은 그런 디는 젬병이실 거 같은디……."

"다 사는 법이 있지 않겠어요."

"하기사 굼벵이두 기는 재주는 있다니깨유……. 국물 좀 더 드릴까유? 아침이 늦어서 시장하셨능개벼유. 아줌니, 국좀 더 드려유!"

주인여자가 옆에 앉은 주방여자를 돌아다보며 말한다. 강청은 꼭두새벽부터 텃밭 일에 열중하다가 밥 때를 놓치고 아침 열 시가 넘어서 마니 줘 식당에 왔다. 강청이 식당 문을 열고 들어섰을 때, 주인여자와 주방여자는 공사장 인부들 아침식사 뒷설거지를 끝내고 홀에 앉아서 쉬고 있었다.

주방여자가 몸을 일으키며, 강청을 걱정한다.

"그려! 식사를 하시야지, 해장얼 너무 많이 하시능 겨!"

"새벽부터 몇 시간 일을 했더니 목이 타네요."

"뭔 일을 하셨는디유?"

"터는 넓은데 주인 손이 안 가서 마당이고, 텃밭 공터고, 더럽고 지저분해서 볼 수가 없어요. 그래서 그걸 좀 정리하고 있어요. 일주일째 새벽부터 일어나서 손을 대도 일이 끝이 없네요."

"아니, 왜 그 일을 교수님이 하셔유? 품삯을 받구 하시는 것두 아닐 텐다……."

"사는 곳이 내 집이지, 본래 내 것 네 것이 따로 있나요. 다 잠시 빌렸다
가 돌려주고 가는 것이지……."

이번에는 주인여자가 강청의 말을 받는다.

"교수님은 꼭 큰스님 같으신 말씀만 하셔…… 옷도 스님처럼 개량한복
만 입으시구……."

"누구 손을 대든, 깨끗하게 해서 같이 살면 좋잖아요?"

"복 받으실 겨……."

강청은 냉이 나물을 집었던 젓가락을 상에 놓고 막걸리 사발을 집어 든
다. 막걸리를 세 잔째 비우고 있는데도 술이 자꾸 당긴다. 술과 함께 두부
를 잘게 가셔 넣은 우거지 국물이 들어가자 속이 풀리면서 몸이 나른해진
다. 허기가 진 데다 몸을 푼답시고 차를 타지 않고 이십여 분을 걸어서 왔
으니 피로가 가중될 수밖에 없다.

강청은 3월 중순에 '초원의 집'에 원룸을 얻어 짐을 옮겼다. '초원의 집'
은 집 이름이 말해주듯 오백여 평의 터에 조경수도 많이 심어져 있고, 바
로 뒷산이 소나무 숲이다. 그러나 집 관리가 엉망이었다. 앞마당과 울타
리에 심어 놓은 조경수와 매실나무는 몇 년째 손을 대지 않아 잡목 숲이
되어버렸고, 빈 맥주병과 소주병이 쌓인 집 뒤 터는 오물과 잡풀로 발을
디딜 수 없을 정도였다. 매실나무와 감나무가 심어져 있는 건물 옆의 백
여 평 남짓한 텃밭도 음식물 찌꺼기와 쓰레기더미에서 뿜어져 나오는 악
취로 숨을 쉬기가 역겨웠다.

건물도 지은 지 오래 되어서 시설이 낡을 대로 낡았다. 그런데도 열 네 개의 방이 남아돌지 않는 것은 집세가 싼 때문인 것 같았다. 학교 앞의 새 원룸에 비해 방값이 반도 안 되었고, 그것도 싼 전세였다. 입주자들 대부분이 새로 건설되는 세종특별자치시의 공사장 인부들이거나 공직에서 퇴직한 아파트 관리인 아니면 일용 노동자들이었다. 주인이 공터에 개집을 짓고 개를 길러도 좋다고 허락하지 않았다면 선뜻 입주를 결정하지 못했을 것이다.

집주인 남자는 50대 후반의 법무사다. 그는 대전지방법원에서 근무하다가 퇴임하고 나서 조치원읍에 법무사사무소를 개소했다고 했다. 알고 보니, 강청과 가까이 지내는 후배 부장판사 밑에서 근무한 적도 있었고, 강청이 잘 아는 후배 법무사들 하고도 친밀한 관계를 유지하고 있었다.

강청이 처음 그를 대면한 것은 그의 사무실에서였다. 강청이 세입 계약을 하려고 최민석 법무사 사무실로 찾아 갔을 때 그는 부인과 함께 있었다. 강청이 여직원의 안내를 받아 소장실로 들어서자, 최 법무사는 책상에 앉아서 서류를 작성하고 있다가 일어서며 웃음 띤 얼굴로 강청을 맞이했다. 중키의 뚱뚱한 체구에 호남형의 얼굴이 마음 좋은 시골 아저씨 같은 인상을 풍겼다. 오른쪽 코 밑에 붙은 작은 사마귀가 더 소탈한 느낌을 주었다.

"어서 오세요. 퇴직한 교수님이신데 생각보다 젊으시네요. 얼굴에 주름살 하나 없으시고, 누가 육십 대라고 하겠어요."

최민석 씨의 말에 소파에 앉아 있던 부인도 미소로 강청을 맞이했다.

그의 부인 역시 인상이 좋았다. 유순한 표정과 서글서글한 눈매가 친근감을 주었다. 옅은 화장을 한 얼굴 피부도 깨끗했다.

강청은 최법무사가 권하는 대로 그의 부인이 앉아 있는 맞은편 소파에 앉았다.

"계약 기간은 이 년으로 하실 건가요?"

최 법무사가 전세계약서를 들고 부인 옆에 앉으며 물었다.

"우선 일 년으로 했으면 하는데요…… 개를 데리고 갈 곳이 마련될 동안만."

"말씀은 들었지만, 무슨 갠데 그렇게 애지중지하시나요? 비싼 갠가요?"

"숫놈은 진도견이고, 암컷은 골드리트리버라고…… 안내견입니다. 정이 들고 불쌍해서 절간에도 맡겼다가, 농장에도 맡겼다가 하면서 오 년 동안 데리고 다니고 있습니다."

이번에는 그의 부인이 호기심 어린 눈빛으로 물었다.

"부모 자식도 귀찮다고 버리는 세상인데, 대단하시네요. 무슨 특별한 사연이 있으신 거 아닌가요?"

"특별한 사연이라기보다도, 개를 돌볼 사람도 없고 해서……."

"왜요? 가족이 없으신가요?"

"아들 둘이 있는데 다들 결혼에서 외지에서 따로 살고 있습니다."

"사모님은요?"

"아, 그게 좀…… 투병 중이라서요."

"그러시군요. 많이 걱정되시겠네요."

최 법무사 부인의 눈빛이 연민으로 바뀌었다. 최 법무사가 크음, 하고 헛기침을 하고 나서 말했다.

"저도 개를 좋아하는데, 개 사랑이 유별나시네요. 그럼 계약은 우선 일 년으로 하겠습니다. 언제 오시겠습니까?"

최 법무사의 부인이 얼른 토를 달았다.

"당장, 바로는 안 되는데…… 도배도 해드려야 하고, 정리를 하자면 한 일 주일은 걸려야 할 것 같아요. 먼저 방을 쓰던 사람이 워낙 험하게 써놔서요. 손볼 것이 많아요."

"방 하난데 그렇게 손볼 것이 많은가요?"

"제가 좀 바빠요…… 교회 봉사활동으로 집안일은 제대로 신경 쓸 새가 없어요. 남편도 하는 일이 많아서 집안일은 전부 제가 해야 하구요."

"괜찮습니다. 너무 늦지 않게만 해주세요."

"감사합니다. 근데, 도배지는 어떤 색깔로 할까요? 시간이 되시면 벽지를 직접 골라주시든가…… 교수님이시라 취향이 평범하지 않으실 거 같은데……."

"아, 아닙니다. 그냥 요란하지 않은 흰색 계통의 깨끗한 걸로 해주세요."

"알겠어요. 좋은 분이 들어오셔서 너무 좋아요."

"좋기는요."

"아녜요. 저는 사람 볼 줄을 알아요. 인상이 너무 좋으신데요 뭘……. 그리고 앞으로 절…… 홍 여사라고 불러주세요. 제 이름은…… 홍, 순옥

이에요."

홍 여사가 수줍은 표정으로 활짝 웃었다. 그녀의 보철을 한 어금니가 반짝 빛났다.

홍 여사는 그녀의 말대로 눈 코 뜰 새 없이 바빴다. 강청이 그동안 홍 여사의 일상을 지켜본 바로는 홍 여사는 하루도 낮에 집에서 머무는 날이 없었다. 아침 일찍 빨간 티코승용차를 몰고 집을 나서면 늦은 저녁에야 돌아왔다. 그녀의 남편도 마찬가지였다. 그도 거의 매일 자정 무렵에야 귀가하는 것 같았다.

강청이 홍 여사 생각을 하고 있는데, 식당 주인여자가 한숨을 포옥 내쉬며 묻는다.

"그나저나, 봄이 왔어두 지 마음언 봄이 아니네유…… k대학두 등록금이 만만치가 않치유?"

강청은 술잔을 들다가 말고 되묻는다.

"왜요? 큰아들이 이번에 k대학에 입학하게 됐나요?"

"아녀유. 그랬으면 오죽이나 조컸어유…… 실력이 모자라서 대전대학 경영과에 입학했는디, 등록금을 내고 나니깨 허리가 휠 지경이구면유. 반값등록금을 꼭 실현한다구 나팔은 엥간이 불어대드니만…… 허기사 언제 정치하는 사람덜 말 믿구 살어왔남유. 믿는 사람만 등신이 되지."

"그래도 경영과에 입학했으면 공부를 잘 했네요. 마니 줘 사장님네는 듬직한 두 아들만 봐도 흐뭇할 텐데 뭐가 걱정이에요. 장사도 잘 되시고."

강청은 키가 크고 건장하게 생긴 두 아들을 떠올리며 주인여자를 위로

한다. 주인여자는 큰아들 말고 고등학교에 들어가는 작은아들이 또 있다.

"그릏기는 해유. 고것들얼 보면, 쳐다보기만 혀두 배가 불러유. 지가 너무 했나유? 고슴도치두 지 새끼는 이쁘다구 한다지만서두유."

주방여자가 가져온 국그릇을 강청 앞에 놓으며 추임새를 넣는다.

"아이구, 자랑단지에 불나게 생겼구먼, 뭔 엄살이 그르캐 심하다! 나한티 고런 고슴도치 새끼가 한 마리만 있어두 덩실덩실 춤얼 추구 살것다!"

"사람 사는 게 다 그렇지요, 뭘…… 산 너머 저쪽에 행복이 있다기에 찾아 나섰다가 눈물만 흘리고 돌아왔다지 않습니까? 엄동설한이 지나니까 이렇게 흐드러지게 봄은 또 오구요."

"그려유, 맞어유! 속아서 사능 게 인생이라니깨유. 교수님, 얼릉 밥이나 잡수셔유. 국 식기 전에."

강청은 식사를 마치고, 포만감에 더 취기를 느끼며, 마니 줘 식당을 나온다. 햇살이 눈에 부시다. 식당 앞 도로에 주차해 놓은 승용차의 유리창에 반사되는 햇빛이 아지랑이처럼 고물거린다.

강청은 조치원여고 쪽으로 발길을 돌린다. 조치원여고 쪽 도로를 거슬러 올라가면 오산리다. 50미터 쯤 걸어 올라가자 조치원여고의 개방형 담장에 심어놓은 개나리가 무더기져 노란 꽃망울을 터뜨리고 있다. 운동장 쪽에서 여학생들의 웃음소리가 까르르 담장 밖으로 쏟아져 나온다. 노란 개나리 울타리 사이로 체육복을 입은 여학생들이 피구를 하는 것이 보인다.

조치원여고를 지나면 신축 중인 원룸 단지 옆에 초라한 구옥들이 옹기종기 옹송그리고 있다. 그 가운데 이끼 낀 함석지붕 위로 '천진암'이라고 쓴 휘장을 장대에 매단 무당집이 보인다. 그리고 그 집 너머로 멀리, 한눈 팔지 말고 나를 보란 듯이, 언덕 위에 서 있는 작은 침례교회의 하얀 십자가가 강렬하게 빛을 반사하고 있다.

무당집을 지나고 침례교회를 지나자, 새로 이차선 도로 확장 공사를 하고 있는 오산리 마을 입구에 이른다. k대학 대운동장 후문에서 배 밭길로 내려오면 오산리로 들어가는 길 초엽에 봉산슈퍼가 옹색하게 쪼그리고 앉아 있다.

봉산슈퍼는 말이 슈퍼지 대여섯 평 남짓한 시골 구멍가게다. 이 고장 특산인 복사꽃 막걸리와 소주 맥주 등의 주류와 간식용 빵, 과자, 통조림, 라면, 세탁용 하이타이, 모기향 같은 것들을 판다. 술안주래야 고등어 통조림을 넣고 끓여주는 찌개가 고작이다. 그래도 가게 앞 평상에 앉아서 칠봉산 자락에 펼쳐진 풍광을 즐기면서 마시는 술맛은 일품이다. 그러나 뭐니 뭐니 해도 봉산슈퍼의 진품은 슈퍼 주인 포항 댁의 입담이다. 포항이 고향이라는 오십대 초반의 포항댁은 오산리에서 봉순이와 쌍벽을 이루는 마을 사내들의 활력소다. 작달막하고 오동통한 체구 때문인지, 행동거지가 다부져서 붙여진 별명인지는 몰라도, 땅콩아줌마라고도 불린다. 어쨌거나, 오산리 사내들은 늙었거나 젊었거나 농사일을 하다가 힘들면 일손을 놓고 봉산슈퍼에 들러 목을 축이면서 포항댁의 걸죽한 입담으로 힘을 충전한다.

강청이 봉산슈퍼 앞을 지나치려는데, 텃밭에서 파를 뽑아가지고 슈퍼

안으로 들어가려던 포항댁이 강청을 보고 인사를 한다.

"어디 댕겨 오시능교?"

"아, 예…… 아침을 먹고 오는 중입니다."

"아침이 늦으셨네예. 요즘은 예서 지내십니꺼?"

"왔다 갔다 합니다."

"아무래도 계시기가 불편하실낀데, 괜안겠십니꺼?"

"그래도 어쩌겠습니까? 개들이 있는 동안은……."

"사람들이예, 교수님을 차암 이상한 사람이락꼬 하데예. 세상에, 사람도 아이고, 개 때문에 그기 무신 사서하는 고생이냐고 그카믄서, 지 부모나 새끼도 내다버리는 세상인데, 참 희한한 사람도 다 있닥꼬요. 지야 교수님 맘세를 알지만도, 쬐매 보기가 좀 그렇기는 해요. 우옜든, 교수님이 오산리서 산다니까아, 지는 좋십더. 그동안 들은 정도 있고 하니까네. 그럼 올라가이소. 새참으로 라면을 삶아 달락캐서, 얼른 들어가봐야겠심더."

포항댁은 남색 치맛자락을 펄럭이면서 재빨리 슈퍼 안으로 들어간다. 강청은 다시 마을회관 쪽으로 난 길을 따라 걸음을 옮긴다. 왼쪽 논밭을 끼고 도로를 따라 올라가면 마을회관이 나오고, 거기서 오른쪽으로 300미쯤 더 올라가면 오산식당과 초원의 집이다.

강청이 초원의 집 안 마당으로 들어서자, 건물 뒤편에 있는 텃밭 쪽에서 개 짖는 소리가 요란하다. 하니다. 바우는 아무 때나 짖지 않는다. 하니는 사람을 잘 따르는 안내견이라서 그런지 강청의 차가 들어오는 소리만 나도 반갑다고 꼬리를 치며 짖어댄다.

강청은 앞마당을 가로질러 건물 오른쪽으로 천천히 걸음을 옮긴다. 이백여 평이 넘는 앞마당에는 강청의 낡은 검정색 카니발 승용차와 역시 폐차장으로 갈 날만을 기다리고 있는 엘란트라 승용차가 덩그마니 서 있다. 도색이 바란 흰색 엘란트라 승용차는 강청이 식사를 하러 나갈 때는 눈에 띄지 않던 차다. 번호판을 보니 일층 104호 임 노인의 차다. 강청이 없는 사이 임 노인이 온 모양이다.

강청이 건물 오른쪽을 돌아 개집이 있는 뒤편 텃밭으로 걸어서 들어가는데, 열려 있는 동문 출입구 안에서 인기척이 나더니, 임 노인이 나온다. 건물 서쪽에는 2층과 3층으로 올라가는 현관문이 있고, 동쪽에 텃밭으로 나오는 샛문이 있다.

"어디 다녀오시는가 봐요?"

임 노인이 층이 진 콘크리트 바닥을 딛고 내려서면서 잔주름이 많은 눈가에 웃음을 피워 올린다. 70대 중반의 중키에 몸이 호리호리한데다가 이가 빠져 홀쭉한 볼이 병색이 느껴진다. 그는 심장과 폐 수술을 받고 후유증이 심하다고 했다.

"아, 안녕하세요? 언제 오셨어요? 아침에는 차가 안 보이던데……."

강청이 반갑게 인사를 받자, 임 노인이 앞니가 빠진 잇몸을 드러내고 환하게 웃는다.

"온 지 얼마 안 됩니다."

"제천서 오시는 건가요, 지리산에서 오시는 건가요?"

그는 초원의 집에 방을 얻어 놓고 제천과 지리산을 오간다. 제천에는 남동생이 살고, 지리산에는 누이동생이 오두막을 짓고 수양하면서 살고 있다고 했다. 사별했는지 부인 얘기는 하지 않았다. 출가한 딸과 손자 손녀가 있다고만 했다.

"지리산에서 오는 길입니다."

"지리산에도 봄이 완연하지요?"

"어디가요…… 거긴 지리산이라도 한참 올라가는 골짜기라서, 인제 꽃눈이 트려고 해요. 여긴 벌써 라일락이 피기 시작하네요."

임 노인이 옆집 함석 울타리 가에 서있는 라일락 고목을 바라보면서 환하게 웃는다. 함석지붕을 인 옆집은 지대가 낮아서 옴팡 집처럼 집안이 환히 내려다보인다. 두 집의 경계이기도 한 낡은 함석 울타리는 삭아서 파편을 맞은 것처럼 군데군데 구멍이 뚫려 있다. 그래도 함석 울타리에 능소화랑 참가죽나무들이 몸을 기대고 서있다.

"완전, 천지개벽이네요! 뒤꼍이나 텃밭이나, 지저분하고 더러워서 발 디딜 틈이 없었는데……."

임 노인이 말끔히 정리되고 있는 공터와 텃밭을 바라보면서 환하게 웃는다.

"어디가요…… 아직도 손 댈 데가 많은데요 뭘…… 다 정리되면, 원두막 같은 정자도 하나 짓구 싶고요."

"정자까지요?"

"정자라기보다, 눈비나 가리고, 앉아서 쉴 수 있는 쉼터를 만들까 하고요. 그런데, 여기 식구들은 몇 분이나 되나요?"

"주인집요?"

"아니요. 원룸 사람들……."

"아, 예…… 그러니까……."

임 노인은 입주자들을 머릿속으로 헤아리는지 눈을 깜박인다.

"……101호는 공사장 감독을 하는 안 씨가 살고, 103호는 벽돌 쌓는 김 씨네 부부가 살고, 105호는 중국집을 하는 주 씨, 106호는 이 감리, 107호는 저보다 연세가 많은 허 씨 영감이 살았는데 얼마 전에 죽고, 그 방에 공사장 감독을 한다는 오십대 중반 쯤 돼 뵈는 젊은 사람이 들어왔는데에, 인사가 없어서 무슨 성 씬지는 모르고요. 이 층 사람들은…… 중국집 배달을 하는 젊은 애 말고는 잘 모르겠어요. 아마, 202호 살지요. 한 집에 살면서도 서로 드나드는 시간이 다르고, 얼굴 보기도 힘들어서 그냥 이웃집 닭 보듯 하지요. 하하…… 여기 사는 사람들이 다 그래요. 살기가 고단한 사람이 아니면 한 물 간 사람들이라…… 저부터도 다른 사람들한테 특별히 관심을 가질 여유가 없어요. 그런데…… 교수님은……."

임 노인이 말끝을 흐리며 강청을 바라본다. 그의 표정이 교수까지 했다면서 왜 이런 데서 사느냐고 묻는 것 같다. 강청이 미소만 짓고 대답을 하지 않자, 임 노인이 조심스럽게 멈췄던 말에 꼬리를 붙인다.

"개들 때문에 이곳으로 오신 것 같기는 하지만……."

임 노인은 말을 해놓고, 겸연쩍은지 흐흠, 하고 헛기침을 하며 개집이 있는 쪽으로 시선을 돌린다. 강청도 임 노인의 시선을 좇아 개집을 바라본다.

"동물원 우리처럼 크게 잘 지으셨어요. 저렇게 짓자면 돈도 꽤 많이 드셨겠는데요……."

"생각보다 많이 들지는 않았어요. 요 윗마을, 황인구 씨네 농장에서 일하면서 개를 돌봐 주던 사람이 쇠파이프랑 자재를 많이 대주었거든요…… 그래도 용접을 하고, 지붕을 씌우고, 철망을 하는데 백만 원 가까이 들었어요. 인건비는 안 들었는데두요."

"인건비가 비싼데, 용접까지 부르자면 비용이 만만치 않을 텐데…… 어떻게……."

"개를 돌봐 주던 이 씨가 장비를 다 가지고 있더라고요. 읍내에 사는 사촌 동생이 같이 거들어 주었고요."

사실 한용이가 파이프 자재를 대주고 용접을 해 주지 않았다면 경비는 훨씬 더 많이 들었을 것이다. 읍내에서 지붕 자재와 부속 자재를 구입하는데도 한용이의 트럭을 이용했다. 다섯 평 남짓한 우리를 짓는 공사는 오전 열 시에 시작해서 오후 다섯 시 경이 돼서야 마무리가 되었다. 강청이 저녁 식사를 하면서, 수고비로 사촌동생에게는 십오만 원을, 한용이에게는 이십만 원을 주려고 하니까 두 사람 모두 받지 않겠다고 손사래를 쳤다. 사촌동생이 그래도 한용이에게는 기름 값이라도 주라고 하니까, 한용이가 얼굴을 붉히며 화를 냈다. 저, 그런 사람 아녀유! 교수님이 저한티 얼매나 잘해주셨슈! 그라구 뽀미두 그냥 주셨잖유! 황 사장님이 그르캐 뽀미를 탐을 내는디두유! 자꾸 그라시면 저 교수님 안 만날래유! 이르캐

래두 교수님께 보답을 하는 것두 안 된단 말여유! 지 맘을 모르신다면 증말 섭섭하네유! 뽀미먼 됐구먼유. 뽀미는 꼭 지 딸 같아유. 딸이 하나 생긴 거 같아유. 하루 죙일 차를 끌다가 지쳐서 돌아오면 고것이 반갑다구 꼬리를 치면서 짓구 달라들 때넌, 피로가 싹 가신다니깨유! 됐시유! 그걸루 충분해유! 술이나 실컨 마실래유.

강청은 더 이상 입을 열 수 없었다. 뽀미를 준 것으로 만족한다니 조금 덜 미안했다. 뽀미는 바우와 하니 사이에서 낳은 새끼다. 암컷인데 영리했다.

"어쨌든, 대단하세요. 개한테까지 어떻게……."

임 노인이 경이로운 눈빛으로 강청을 바라보며 말끝을 흐리는데 앞마당 쪽에서 오토바이소리가 난다. 작고 낡은 오토바이소리다.

"누가 오나 봐요?"

"202호, 오토바이소리네요."

"202호요?"

"네. 중국집 배달하는 젊은 사람."

임 노인의 말이 끝나기도 전에 이십 대 중반으로 보이는 남자가 작은 오토바이를 타고 탈탈거리며 건물 모퉁이를 돌아서 들어온다. 무릎이 헤진 청바지에다 허름한 남색 점퍼를 걸치고 있는 행색이 궁기가 들어 보인다. 깡마른 체구에 볼이 패인 홀쭉한 얼굴, 가느스름한 실눈이 왠지 선뜻 호감이 가지 않는다. 표정도 어둡다.

"야근을 하고 들어오는가 보지?"

임 노인이 먼저 알은 체를 하자, 청년이 꾸벅 머리를 숙이고 인사를 한다.

"안녕하셨어요? 새벽까지 배달이 밀려서요⋯⋯ 좀 쉬었다가 나가려고요."

"피곤하겠구만⋯⋯ 그런데, 교수님은 첨 뵙나?"

"예. 개를 데리고 새로 들어오셨다는 말은, 주인아주머니한테 듣기는 했어요. 개들이 참 좋던데요."

강청이 애써 부드러운 미소를 지으며 청년의 말을 받는다.

"잘 부탁해요. 개들이 짖더라도 이해해 줘요."

"짖는 게 개지요, 뭐⋯⋯. 피곤해서 들어갈게요."

청년은 피곤에 젖은 목소리로 말을 끝내기 무섭게 동문 출입구 쪽으로 걸음을 옮긴다. 청년이 건물 안쪽으로 사라지자 임 노인이 어두운 표정으로 혼잣말처럼 말끝을 흐린다.

"참, 안 됐어요. 젊은 사람이⋯⋯ 가난해서 배우지도 못하고, 노모는 병석에 누워 있다고 하고, 마땅한 일거리도 없고⋯⋯."

2

"그러다 몸살 나시겠어요! 쉬어 가면서 하세요."

강청이 허리를 펴고 손등으로 이마의 땀을 훔치고 있는데, 아래층 동문 출입구 쪽에서 홍 여사의 목소리가 들린다. 홍 여사가 쟁반에다 무슨 음식인가를 챙겨가지고 강청이 꽃모를 심고 있는 텃밭으로 오고 있다. 오른손에는 쟁반을, 왼손에는 맥주병을 들고 잰 걸음으로 다가오는 홍 여사의 연분홍색 바지와 노란 티셔츠가 아침 햇살을 받고 더 화사해 보인다. 오십대 중반인데도 적당히 살이 붙은 볼륨 있는 몸매가 탄력을 느끼게 한다.

홍 여사는 손에 힘이 빠진 듯, 텃밭에 놓인 플라스틱 원탁에다 쟁반과 술병을 소리 나게 탁 내려놓는다.

"호박 부침개를 좀 했어요. 벌써 아홉 시가 넘었어요. 허기지시겠어요. 맛이 어떨지 모르겠네요. 목도 추기면서, 좀 드셔보셔요."

"감사합니다. 오늘은 일찍 안 나가시나 보지요?"

강청은 들고 있던 삽을 땅에다 내려놓는다.

"웬걸요. 바로 나가야 해요."

"그렇게 일이 많으신가요?"

"예. 바빠요."

강청은 조금 망설이다가 또 묻는다.

"무슨 일인데, 늘 그렇게 눈 코 뜰 새 없이 바쁘세요?"

"교회 일이죠, 머."

"교회 일이 그렇게 많은가요?"

"예. 성전 건축 기금을 마련하는 일로 바빠요."

"무슨 직임을 맡으셨는데요?"

"직임보다도…… 주님께서 기뻐하실 사역이니까요."

"신앙심이 대단하시네요."

"대단하기는요…… 주님의 크신 사랑에 다가가기에는 아직도 멀었죠. 그런데 교수님은, 어쩌면 그렇게 성경 말씀에 은혜를 많이 받으셨어요?"

"은혜요? 제가 무슨……."

"아니에요. 저번 주에 왔던 옥경이랑 미숙이가 교수님 말씀에 푹 빠졌어요. 어쩌면 그렇게 성경, 불경, 모든 경전의 진리에 밝으시냐면서…… 자주 교수님을 뵙고 싶대요."

이 주 전 토요일 오후의 일이었다. 강청이 대전에 나갔다가 차를 몰고 오산리로 돌아오는데 홍 여사한테서 핸드폰이 왔다. 천안에서 후배들이 찾아와서 뒤뜰에서 삼겹살이랑 토종닭 파티를 벌이고 있는데 오실 수 있느냐는 거였다. 강청이 집에 도착하자, 홍 여사와 사십대 전 후반 쯤으로 보이는 낯모르는 두 여인이 텃밭에 자리를 깔아 놓고 삼겹살을 구워 먹고 있었다. 중키에 몸피가 붙은 여자는 사십대 후반으로 보였고, 후리후리한 키에 갸름한 얼굴에다 쌍꺼풀이 매력적인 여인은 그보다 더 젊게 보였다. 두 여자가 모두 호감이 가는 인상이었는데, 쌍꺼풀의 여인은 출중한 미모였다.

강청이 그들 쪽으로 걸어가자 홍 여사가 자리에서 일어나며 반색했다. 두 여자도 따라서 일어났다.

"교수님께서 힘들게 만들어 놓은 자린데, 저희가 먼저 개시를 하네요. 후배들한테 자랑을 했더니, 보고 싶다고 찾아 왔어요."

"아무려면 어때요. 같이 쓰면 되지요. 제가 먹을 복이 있네요. 마침 대전 갔다가 들어오는 길에 핸드폰을 받았으니!"

"그러게 말예요. 제가 바빠서 교수님 수고하시는데 식사 한번 대접할 짬도 내지 못하고…… 오늘 이렇게라도 함께 할 수 있어서 감사하네요. 이쪽으로 앉으세요."

홍 여사가 강청에게 빈자리를 권하고 나서, 두 여자를 소개했다.

"제 여고 후배들이에요. 저하고 선교 사업을 열심히 하고 있어요. 이쪽은 조미숙, 그리고 여기는 배옥경."

중키의 여자가 조미숙이고, 쌍커풀이 배옥경이었다. 두 여자가 인사를 했다.

"언니가 교수님 자랑을 얼마나 하는지…… 뵈니까 자랑할 만하네요. 인상이 너무 좋으세요."

조미숙의 말에 배옥경이 맞장구를 쳤다.

"목사님같이 푸근한 인상이세요."

"스님은 아니구요?"

강청이 빙그레 웃으며 인사를 받자 조미숙이 짐짓 진지한 표정이 되며 물었다.

"불교 신자신가요?"

"왜요? 기독교가 아니라 실망인가요?"

"그런 건 아니고……."

조미숙이 조금 당황한 표정을 짓자, 강청이 미소를 짓고 말했다.

"전, 무애교 신잡니다."

"무애교요? 그런 교도 있나요?"

"없을 무, 장애 애…… 기독교건 불교건, 진리만 신봉하는, 율법에 구속되지 않는, 걸림이 없는 종교지요. 진리가 너희를 자유케 하리라, 예수가 말하는 그 진리의 깨달음이 바로 불교의 해탈이 아닐까요?"

홍 여사가 먼저 강청의 말을 받았다.

"앉으세요. 음식을 드시면서 말씀을 나누세요. 교수님이 약주를 좋아하셔서 소주와 맥주도 준비해 놓았어요."

강청이 조미숙과 배옥경의 맞은편에 앉고 홍 여사가 강청의 옆 자리에 앉았다. 자리 한가운데에 놓인 불판에서는 삼겹살이 지글지글 소리를 내며 구워지고 있었다. 큰 냄비에 담긴 백숙도 김치, 상추, 마늘, 고추, 쌈장 등 밑반찬과 함께 불판 옆에 놓여 있었다.

"무슨 술을 드릴까요? 맥주, 소주?"

홍 여사가 소주잔과 맥주 컵에 눈을 주며 물었다. 술은 이 홉 들이 소주 두 병과 맥주 두 병이 준비되어 있었다.

"맥주에다가 소주를 타서, 쏘맥으로 하겠습니다."

"약주를 좋아하시나 봐요? 제가 한 잔 따라드리지요."

쌍꺼풀이 진 배옥경이 눈웃음을 치며 얼른 유리컵을 집어서 강청에게 건넸다. 홍 여사가 소주와 맥주 병 뚜껑을 땄다.

강청이 술을 받으며 말했다.

"같이 들, 한 잔 하시지요."

"저희는 술을 못 해요."

조미숙의 대답에 강청이 딴청을 피웠다.

"못 하시는 건가요, 안 하시는 건가요? 맥주 한두 잔은 하실 수 있잖아요? 하늘에 계신 주님도 은총을 주시지만, 때로는 지상의 이 주님도 화평을 주시지요."

"정말 애주가신가 봐…… 그럼 맥주 반 컵만 주세요. 초면부터 분위기 깨면 안 되니까. 옥경이 너는 한두 잔은 할 수 있잖아."

"나도 거의 못 하잖아. 잔이나 핥을까……."

배옥경은 그렇게 말을 하면서도 잔을 받았다. 홍 여사까지 맥주잔을 받고 나자 배옥경이 잔을 높이 들며 건배를 외쳤다.

"우리들의 아름다운 만남을 위하여!"

"위하여!"

강청이 잔을 비우자, 조미숙이 상추에 삼겹살을 싸서 강청 앞으로 내밀며 말했다.

"언니 말을 듣고 긴가민가했는데, 정말 지저분한 텃밭이 공원으로 변했네요. 하나님이 천사를 보내주셨다고, 언니가 얼마나 교수님 칭찬을 하는지 입술이 부르틀 지경이에요."

"제가 좋아하고 필요해서 하는 일인데요, 뭘."

"그래도 남의 집에다 아무 이해 상관없이 이렇게 하시는 게 쉬운 일인가요."

"이 세상에 내 것이 어디 있습니까? 궁극에는 잠시 빌렸다가 돌려주고 가는 것이지."

"그렇긴 하지요. 성경 말씀대로, 하나님이 맡기신 사역을 감당하다가 모두 놓고 하늘나라로 가는 거지요. 그런데…… 교회에는 나가신 적이 없으세요?"

"교회요?"

강청은 저도 모르게 냉소가 입 꼬리에 매달렸다.

"……서리 집사까지는 해봤지요……."

강청의 말이 떨어지기가 무섭게 배옥경이 환호했다.

"어머나! 그런데 아까 스님 말씀은 왜 하셨어요? 무애교는 또 뭐구!"

강청은 말없이 빈 잔에다 소주와 맥주를 섞어서 따랐다. 자작으로 따른 술을 한 모금 입으로 넘기고 나서

"왜요? 예수 믿는 사람은 부처님의 진리를 믿고 받아들이면 안 되나요? 진리는 하나라고 생각하는데…… 본질은 하나인데 표피만 다를 뿐…… 여기 이 컵, 서양 사람들은 글라스라고 하고, 한국 사람들은 잔, 일본 사람들은 고뿌라고 부르지만…… 액체를 담는 본질은 같듯이……."

강청이 짐짓 진지한 어조로 말하자, 배옥경이 조금 당황한 표정을 지었다.

"저는 그냥…… 가볍게 말한 것뿐인데……."

"불경과 성경을 깊이 공부해 보면…… 너무도 많은 부분이 같다는 것을 알게 되지요. 특히 신약성서 가운데는 불경에 수록되어 있는 내용이 수두룩하지 않습니까? 인간의 상식적인 가르침, 말하자면 〈살인하지 말라〉, 〈간음하지 말라〉, 〈도둑질하지 말라〉 같은 기초적인 도덕률은 석가모니나 예수나 공자나 맹자나 다 비슷하게 가르칠 수 있지만, 그 밖의 구체적인 종교의 핵심이랄 수 있는 세세한 가르침과 비유와 이야기가 같다는 것은, 결코 우연의 일치일 수는 없다고 생각합니다. 왜 그럴까요?"

강청은 세 사람을 번갈아보다가 말을 이었다.

"최초의 불경이 편찬된 것은 예수가 이 세상에 태어나기 480년 전의 일입니다. 불경의 2차 결집(結集)은 그로부터 약 100년 후이며, 기원전 약 250년경에는 당시 인도를 통치했던 아쇼카왕에 의해 3차 결집이 이루어졌습니다. 바로 이 아쇼카왕이 시리아, 이집트, 마케도니아, 세일론 등지로 사자(使者)들을 파견하여 불교를 널리 전파시켰던 것이고, 아쇼카왕 석주(石柱)의 비문에 의해 그 사실이 확인되고 있습니다.

그리스어 아라매어로 씌어 있는 이 비문은 1837년부터 발굴되기 시작했는데 현재까지 30개 이상이 발견되었습니다. 뿐만 아니라 예수가 이 세상에 태어나기 이전인 기원전 2세기 후반에, 인도를 통치했던 그리스인 미란다왕이 당시의 인도 승려 나아가세나 존자와 불교에 관한 문답을 나눈 기록이 《미란다경》으로 오늘날까지 전해져 내려오고 있습니다.

또한 알렉산더가 인도를 점령했던 시점으로부터 인도와 서양과는 문물의 교류가 활발했고, 미란다왕이 인도를 통치했을 무렵인 기원전 2세기 후반에는 이미 불교의 경전이 서양까지 널리 전파되었다는 것이 불교학자, 사학자들의 일치된 견햅니다. 그러니까 예수가 태어나기 훨씬 이전에 불교는 이미 서양 여러 나라에 폭넓게 전파되었다고 보아야 하겠지요."

"그래서 성경 가운데 불경과 같은 내용이 많다는 말씀이신가요?"

"그렇다고 생각합니다. 신학자들의 견해에 따르면, 기독교의 복음서들은 예수가 십자가에 처형된 이후인 기원후 70년에서 110년경에 쓰이고 편찬된 것으로 추정되고 있으므로, 불경이 최초로 편찬된 480년에 비하면 무려 500년 이상이라는 격차가 있습니다.

이런 긴 시간과 공간의 차이에도 불구하고 기독교와 불교의 경전 내용 중에 똑같은 대목이 많은 것을 두고, 예수의 생애에 관해 연구해온 학자들 가운데는 "예수가 13세부터 29세까지 인도와 티베트에 가 있었으며 한때 불교의 승려였다"고 주장하기도 했고, 그 증거로 티베트의 고문서들을 번역해서 제시하기도 했습니다. 이러한 의문점을 밝히는 것은 종교학자나 신학자가 앞으로 더 깊이 성찰해야 할 부분이고, 제가 본질적으로 말하고 싶은 것은……."

강청은 자신의 말이 너무 딱딱하고 분위기에 맞지 않는 게 아닐까 하는 생각이 들어서 말을 멈췄다.

"제 말이 너무 쓸데없이 장황한 거 아닌가요? 평생 학생들만 가르치다 보니, 제 버릇 개 못 준다고……."

조미숙이 손사래를 치며 강하게 부정했다.

이제 일어나서 가자 1 / 111

"아니에요. 믿는 사람들이…… 얼마나 바람직한 대화예요. 그, 교수님이 본질적으로 말씀하시고 싶은 건 무언가요?"

홍 여사와 배옥경도 궁금하다는 눈빛으로 강청을 바라보았다.

"그것은…… 구원의 문제지요."

"구원요?"

이번에는 홍 여사가 눈을 빛내며 물었다.

"그렇습니다. 기독교 자체 내에서도 서로 반목하는 것은 바로 이, 구원관 때문이 아니겠습니까?"

"……."

"구원은 무엇입니까? 기독교나 불교나 구원은 유한하고 고통스러운 육신의 삶에서 벗어나 영혼이 영생에 들어가는 것입니다. 그러기 위해 불교는 팔고(八苦)에서 벗어나 극락에 들어갈 수 있는 선업을 지어 해탈하라는 것이고, 기독교 역시 구원의 단초인 원죄에서 벗어나 죄의 사함을 받고 천국에 들어가라는 거 아닙니까?

고(苦)와 죄(罪)는 모두 어디에서 생기는 것입니까? 죄도 고도 다 마음에서 지어지는 것이 아닙니까? 그렇게 보면 불교의 "일체유심조(一切唯心造)"나 기독교의 잠언 4장 23절의 '무릇 지킬 만한 것보다 더욱 네 마음을 지키라. 생명이 이에서 남이라.' 하신 말씀은 같지 않을까요?

결국 구원을 얻으려면, 마음을 잘 써야한다는 가르침입니다. 그 마음을 잘 쓰는 방법은 바로, 사랑과 자비의 실천입니다. 사랑과 자비는 이름만 다를 뿐 그 속뜻은 같은 의미입니다. 불교의 자비(慈悲)는 남을 사랑하고 남을 위해 슬퍼할 줄 아는 마음입니다. 남을 위해 슬퍼할 때 연민의 감정이 생기고, 그 연민이 용서로 이어집니다. 그렇기 때문에 불교의 자비는 곧, 기독교의 용서와 사랑입니다. 불교도 기독교도 그 사랑과 용서의 실행으로 고와 죄에서 벗어나라는 것입니다. 그 실행의 지혜를 모아 놓은 것이 경전입니다.

'새 계명을 주노니 서로 사랑하라', '하나님은 사랑이시라'…… 성경은 분명히 그렇게 가르치고 있습니다. 그 가르침을 실행하지 않으면, '나더러 '주여, 주여'하는 자마다 천국에 다 들어갈 것이 아니요, 다만 하늘에 계신 내 아버지의 뜻대로 행하는 자라야 들어가리라'고. '그 날에 많은 사람들이 나더러 이르되, '주여, 주여, 우리가 주의 이름으로 선지자 노릇하며, 주의 이름으로 귀신을 쫓아내며, 주의 이름으로 많은 권능을 행치 아니 하였나이까'하리니,

'그때에 저희에게 밝히 말하되, '내가 너희를 도무지 알지 못하니, 불법을 행하는 자들아, 내게서 떠나가라'하리라고.

그러므로 누구든지 나의 이 말을 듣고 행하는 자는 그 집을 반석 위에 지은 지혜로운 사람 같으리니, 비가 내리고 창수가 나고 바람이 불어 그 집에 부딪히되 무너지지 아니하나니 이는 주초를 반석 위에 놓은 연고요, 나의 이 말을 듣고 행치 아니하는 자는 그 집을 모래 위에 지은 어리석음 같으리라고…… 불교의 경전 가운데도 이러한 가르침이 수없이 많습니다."

"그래요! 문제는 실행인데……."

홍 여사가 한숨을 쉬었다.

"맞습니다. 구원은 허명(虛名)의 앞세움이 아니라, 경전의 가르침을 행하는 것에서 오는 것입니다. 마르틴 루터가 사제의 옷을 벗어 던지고, 종교 개혁을 요구하면서 외친 것이 무엇입니까? 최우선의 권위는 하느님의 권능을 대행한다고 하는 교황이나 교계가 아니라, 오직 성서라고 반박하였습니다. 성서를 통한 오직 은혜, 오직 믿음이라고 외쳤습니다. 루터가 그렇게 외쳤을 때 가톨릭교회가 한 일은 무엇이었습니까? 로마 교회는 루터가 결혼했다는 이유 등을 내세우며 비판과 탄압에만 열을 올리다가 20년 후에서야 교계를 개혁하기 시작했습니다."

"정말 교수님은 많이 아시네요. 그런데…… 자신의 결혼을 합리화하기 위한 속마음이 루터에게 있었던 건 아닐까요?"

조미숙이 선망의 눈빛으로 강청을 바라보았다.

"루터가 16년 연하의 전직 로마 가톨릭교회 수녀인 카타리나 폰 보라와 결혼한 것은, 그의 신념 때문이었습니다. 그의 결혼을 반대하는 사람들은 그가 결혼하면 온 세상과 사탄이 웃을 것이며, 그동안 이루어놓은 일을 물거품으로 만들 수 있다고 걱정하였습니다. 그러나 루터는 '종말에 하느님이 오시면 인간은 그 자리를 지키고 있어야' 하며, 그러기 위해 결혼하는 것이 사탄에게 대적하는 방법이라고 굳게 믿었습니다. 루터의 이와 같은 생각이 개신교 성직자들이 결혼을 당연시하는 결과를 낳았습니다."

"교수님은 개신교 목사님과 대처승 스님들의 결혼을 어떻게 생각하세요?"

이번에는 배옥경이 물었다.

"저는…… 남녀의 양 성이 결합하는 결혼은, 하느님의 인간 사랑의 실현이라고 생각합니다. 제가 말하고 싶은 결혼의 의미는 단지 사회 규범상의 외형적 형식에서가 아니라, 남녀의 양 성 결합의 의미를 말합니다. 하느님은 인간을 사랑하시어 자신과 똑같은 형상으로 아담을 빚고, 그 아담의 갈비뼈를 내어 이브를 빚으셨습니다. 그러므로 아담과 이브가 육체적으로 결합하여 하나가 될 때 하나님께서 창조하신 완전한 인간이 되는 것입니다. 그런 의미에서 많은 논란을 일으켜온 '예수의 결혼'에 대해서도 신성성을 앞세워 부정만 할 것이 아니라, 진지하게 묵상해 볼 필요가 있다고 생각합니다. 왜냐하면 주님은 우리 안에 거하시러 오셨기 때문입니다. 불교도 기독교도 결정적으로 중요했던 것은 인간이었기 때문입니다. 그 원초는 인간 사랑이기 때문입니다."

홍 여사가 강청의 말에 주석을 달았다.

"그래요. 문제는 사랑의 실천이에요. 율법이나 교리에 앞선 사랑의 실천이 중요하지요. 마태복음 5장 20절의 말씀은, '율법을 넘어서 실행해야 구원이 있다'는 가르침 아니겠어요? 율법을 앞세우지 말고, 주님의 가르침대로 묵묵히 사랑을 실천해야 한다는."

"문득 간디의 말이 떠오릅니다. '나는 그리스도를 좋아한다. 그러나 그리스도인은 싫어한다. 왜냐하면 그리스도인들은 사랑을 실천하지 않기 때문이다. 그리스도교는 가져가고. 성경만 남겨 놓아라.'는 말이 새삼 가슴을 치네요."

배옥경이 고혹적인 눈빛으로 입가에 미소를 흘리며 물었다.

"말씀을 듣고 보니, 교수님의 그, 무애교는…… 모든 종교의 교리를 넘어서 사랑과 자비를 실천하는 교단인 거 같네요? 맞나요?"

"무슨 교단까지야…… 열린 신앙을 갖자는 거뿐이지요. 무조건 타 종교의 진리까지를 배척하지 말고 소통하자는 거지요. 가장 훌륭한 선교 방법은 무엇입니까? 교리에 앞서 타 종교에게 자신이 믿는 종교의 우월성을 실증해 보이는 거 아니겠어요. 그러고 보면 용서와 화해를 외치면서도 독단에 빠져 타 종교를 맹목적으로 배척하는 일부 한국 교회에게 시급한 건, 화해와 용서라고 생각합니다. '예물을 제단에 드리다가 거기서 네 형제에게 원망을 들을 만한 일이 있는 줄 생각나거든, 예물을 제단 앞에 두고 먼저 가서 형제와 화목하고, 그 후에 와서 예물을 드리라.'는 말씀을 깊이 묵상할 때입니다."

"그건 불교도 마찬가지 아닌가요?"

조미숙이 정색을 하고 물었다.

"그렇지요. 불교뿐만 아니라 모든 종교가 열린 신앙을 가져야지요. 그런 면에서는 불교가 좀 더 열려 있지 않나 생각합니다. '간음한 여자의 이야기'라든가 성경과 불경은 많은 부분이 같은 말씀이 많아서, 어느 학자는 『불경과 성경, 누가 베꼈나』라는 저서도 냈고, 서양의 감리교 신학자 구스타프 멘슁은 『부타와 그리스도』라는 책을 냈다가 파문을 당하기도 했지요. 복음 전파에 관한 이야기도 성경과 불경이 똑같습니다. 예수는 열두 제자에게 내 복음을 땅 끝까지 전파하라고 하면서 이렇게 말하지요. '인간은 이리와 산양과 같으니 혼자 다니지 말고 무리지어 다니라'고. 석가도 오백 비구에게 똑같이 '중생은 이리와 산양과 같다' 고 하면서 서둘러 길을 떠나 법을 전하라고 합니다. 그러나 깨달으면 부처와 같으니 부처를 대하듯 하고, '시급하니, 무리지어 다니지도 말고 갔던 길을 되짚어 다니지도 말라'고 하지요."

"교수님은 정말 많이 아시네요. 말씀하시는 것도 우리 목사님보다도 더 설득력이 있으시고요."

"아니야. 아주 교주님이 되셔야겠어요!"

배옥경이 또 고혹적인 눈으로 지긋이 강청을 바라보았다.

홍 여사도 그날 이후로 강청에 대한 신뢰가 더 깊어지는 것 같았다.

"천천히 앉아서 드세요. 전 빨리 나가야 돼요. 오늘은 청주로 아홉 시까지 가봐야 해요. 교수님, 정말 감사해요."

홍 여사는 환하게 웃고, 뒤돌아서서 뒷문 쪽으로 종종걸음을 친다. 강청은 멀어져 가는 홍 여사의 뒷모습을 바라보다가 탁자 옆에 놓인 간이 플라스틱 의자에 앉는다.

강청은 원탁에 놓인 맥주병 마개를 따서 유리잔에다 술을 따른다. 그러지 않아도 갈증이 나던 참에 잔을 들어 단숨에 들이킨다. 카, 소리가 나게 잔을 비우고 나서 쟁반에 차려진 안주로 젓가락을 가져간다. 쟁반에는 김치전과 두릅 무침이 놓여 있다. 강청은 두릅 무침으로 젓가락을 가져가다 말고 앞집 울타리 가에 서있는 두릅나무를 바라본다. 아직 두릅 순이 많이 올라오지 않았다. 비닐하우스에서 재배된 두릅이거나 수입산 두릅을 사다가 만든 반찬인 것 같다는 생각을 하며, 강청은 또 한잔 술을 따른다.

강청은 잔을 반 쯤 비우고 나서 이번에는 개 우리가 있는 뒷산 쪽으로 시선을 보낸다. 소나무 숲이 있는 개집 위쪽으로도 두릅나무와 엄나무가 많이 심어져 있다. 야생의 산딸기나무도 넝쿨을 벋어 엉클어져 있다.

강청이 남은 술잔을 입으로 가져가는데 하니가 꼬리를 치며 요란하게 짖는다. 앞마당 쪽에서 자갈 밟는 발자국 소리가 들린다. 바우가 짖지 않고 하니가 꼬리를 치는 것을 보니 아는 사람이 분명하다. 곧 작업복 차림의 한용이가 건물 모퉁이에서 모습을 드러낸다. 덥수룩한 머리에 푸석푸석한 얼굴이 아직 세수도 하지 않은 것 같다.

"새벽부텀 일을 하구 기신규?"

한용이가 사람 좋아 보이는 서글서글한 웃음을 입가에 흘리며 인사를 한다.

"오늘은 출근을 안 하나? 아침부터 웬 일인가?"

"오늘은 일거리가 없슈. 대간해서 좀 쉴라구유. 해장이나 할까 하구 봉순네 집에 내려왔는디, 장 씨 새끼가 해장부터 쭈그리구 앉았네유…… 그래서 교수님이 일을 하구 기실 거 같어서 들러봤구먼유."

"어서 와. 마침 주인아주머니가 해장하라고 호박전을 부쳐 왔네. 술은 한 잔밖에 안 남았는데, 이 걸루 목이라도 추겨."

강청은 한용이가 다가오자 맞은편 간이의자에 앉기를 권하고 나서 남은 술을 따라서 내민다.

"교수님 드시기두 부족할턴디……."

한용이는 말은 그렇게 하면서도 잔을 받고 자리에 앉는다. 한용이는 목이 탔던지 단숨에 잔을 비우고 나서 조각을 낸 호박전을 손으로 집어서 입에 넣는다.

"어제도 술을 많이 했나 보네?"

"예. 좀 했슈. 봉순이가 한 잔 하자구 해서유."

"봉순이하고 했으면 어지간이 했겠구먼…… 그런데, 장 씨가 더 시비는 붙지 않아? 개 치료비 물어달라는 말도 아직까지 없고."

"개 치료비유? 저두 사람인디 어치기 쪽 팔려서 개 치료비럴 달라것서유. 개 쌈이 또 그렇잖어유. 상처가 나두 바루 아물잖어유. 그라구 개를 데리구 동물병원에 갈라면 그것두 보통 일여유. 그건 인자 끝난 거여유."

강청도 개 치료비 문제는 한용이와 같은 생각을 하고 있었다.

"봉순이한테 눈독을 들이고 있는 건 여전할 테고……."

"말하면유…… 제 주제 파악얼 못 하넌 인간이디유 멀…… 어쩌면 개 치료비두유, 봉순이가 장 씨더러, 쩨쩨하게 먼저 개쌈얼 붙이자구 해놓고, 그것두 반칙으루 이대 일루 싸워서 져놓구서 치료비럴 물어달라면, 그게 성한 좆 달린 사내냐구 핀잔얼 하니께, 단념했넌지두 몰라유."

"그러지 말고, 임 사장이 정식으로 봉순이한테 프러포즈를 하면 어떨까?"

"지가유?"

한용이가 눈을 동그랗게 뜨고 얼굴을 붉히면서 손사래를 친다.

"그건 교수님이 지 마음얼 몰라서 하는 말씀여유. 저는 솔직히 봉순이럴 흡족하게, 행복하게 해 줄 능력이 읍구먼유. 봉순이넌 지 말대루 엔간한 사내한티는 본 마음얼 줄 여자두 아니구, 눈두 교수님이 생각하시넌 것보담 얼매나 높다구유. 그라구……."

한용이는 한숨을 길게 쉬고 나서 조심스럽게 말을 잇는다.

"봉순이가 교수님한티 관심이 많응가 봐유. 자꾸 교수님에 대해서 물어봐유. 진짜 교수님언 혼자 사시냐, 좋아하넌 여자두 읍냐. 사내 치구 거시기 싫어하는 숭맥이 어디 있것냐…… 워치기 들리실넌지 모르시것지만서두유…… 베라별 걸 다 물어본다니깨유! 내, 참……."

강청은 저도 모르게 얼굴이 붉어져서 조금 격앙된 어조로 말한다.

"정말 뚱딴지같은 소리구만! 봉순이가 또 신기가 도지는 거 아냐?"

"그 속얼 지가 어뜨키 알것서유…… 이건 할 소리가 아닌디…… 지가 봉순이더러, 교수님 좋아하능 거 아니냐구 했더니…… 뭐라는지 아셔유…… 이 말씀언 증말 못 드리것네유."

"괜찮아, 해 봐."

"……사랑에 국경이 있냐, 교수님 말씀대루 저 산에 들꽃덜두 지들끼리 눈 맞어서 아름답게 붉는디, 왜 그걸 국가에서 관리할 일이냐, 뭐 이라면서 심지어……."

"……심지어?"

"심지어…… 새내들언 여자들을 두고…… 자동차 대가리와 거시기 대가리는 먼저 디미는 놈이 임자라구 하넌디 그건…… 여자두 먼저 물구 놓지 않는 년이 임자라나유…… 그게 어디 할 소리여유?"

120

"듣고 보니 기분 좋은 소리는 아니네. 그렇지만 봉순이의 걸쭉한 입에서 나올 만한 야한 농담 아닌가. 이 사장을 자극시키고 속을 떠보느라고."

"지 속얼유? 우리넌 그냥 친구라니깨유!"

"여자 마음은 언제 변할지 모르는 거야. 왜 유행가 가사에도 그런 게 있잖아. 오빠라고 부르던 널 님이라고 부르고 싶어 어쩌고 하는……."

"그려유. 봉순이 마음언 봉순이 마음이구유…… 아침 식사넌 하시야잖어유. 어디 가서 식사 하시구 해장 한잔 제대루 하시지유, 머?"

"그럴까? 어디, 봉산식당으로?"

"아녀유. 마니 줘 식당으루 가셔유."

"장 씨 때문에?"

"꼭 그런 건 아니지만…… 그래두 후덕하구 음식이 맛있기넌 거기가 낫잖어유. 좀 멀어서 그라시남유?"

"아냐. 괜찮아."

강청은 자리에서 일어난다. 삽과 괭이를 정리하고 손을 씻으려고 개집 앞에 있는 수돗가로 간다. 한용이가 물을 틀고 수도꼭지에 끼워진 호스를 집어 강청의 앞에 대준다. 강청은 허리를 구부리고 손을 씻는다.

한용이가 우리 안에서 꼬리를 흔들고 있는 바우와 하니를 바라보면서 말한다.

"저것들이 금슬언 되게 좋아유. 새끼는 못 낳아두 여전히 교접언 하잖어유. 바우란 놈이 지 마누라는 끔찍하게 알구유. 다른 암캐는 거들떠보지두 않구유. 새끼를 낳으면 아무리 배가 고파두 지 마누라와 새끼가 다 먹구 나서야 남은 걸 먹잖어유. 참, 바우는 의리 있는 놈여유. 보통 개가 아녀유. 그래서 역시 족보 있는 갠개벼유."

강청이 손을 씻고 허리를 펴자 한용이가 얼른 수도꼭지를 잠근다. 강청은 사이좋게 붙어 서서 그를 바라보고 있는 개들에게로 시선을 옮긴다. 귀를 쫑긋 세우고 늠름하게 서 있는 바우의 반짝이는 검은 눈동자를 주시한다. 잠시, 흘러간 질곡의 시간과 함께 가족들의 모습이 어른거린다.

지루한 여름

"이 칼럼은 이대로 실을 수 없습니다. 선배님한테도 어려움이 올 수도 있겠고요."

발행인은 결연하게 선언하고 미안하고 겸연쩍은지 시선을 창밖으로 옮긴다. 멀리 마포대교와 한강이 내다보이는 창밖으로 장맛비가 찔끔거리며 도시를 적시고 있다. 6월에 시작한 장마는 8월로 접어들었는데도 서러워 흐느낌을 그치지 못하는 어린애처럼 멈출 기미를 보이지 않는다.

강청은 창밖에 주었던 착잡한 시선을 다시 책상으로 옮긴다. 앞에 놓인 활자화된 칼럼 원고를 천천히 눈으로 읽어 내려간다.

참사가 난 지 120여 일째, 세월호는 아직도 오리무중의 안개 속을 헤매며 특별법의 암초에 걸려 비통의 항해를 계속하고 있다. 야당은 야당대로 여당은 여당대로 공감할 수 있는 특별법을 만들자고 목소리를 높이지만, 그 어느 쪽도 유족과 슬픔을 같이 하는 수많은 국민들의 동의를 얻지 못하고 있다. 오히려 곡학아세하는 기괴한 언설들이 분노를 가중시킬 뿐이다. 이런 와중에서 한 원로 시인의 언설이 그의 최근의 행보와 함께 문단에서 화제가 되고 있다.

그 분은 과거 독재정권하에서 옥고를 치르며 이 나라의 양심과 민주사회를 위해 악전고투했다. 그 과정에서 겪어야 했던 참담한 고통은 당사자가 아니고서는 결코 실감할 수 없다. 그러기에 그를 아끼고 존경했던 문인들이 우려의 시선으로 그를 바라보는 것인지도 모른다.

세월호 참사와 특별법 제정에 대한 그 분의 핵심 견해는 이러하다. 〈안전사고에 대해 추념일을 지정하고 추모공원과 추념비를 건립하는 역사는 이번이 처음이다. 다른 안전사고 희생자는 껌 값이고, 세월호 안전사고 희생자는 다이아몬드 값인가?〉 〈사망자 전원을 의사자 차원에서 예우하자는 것은 어불성설이다. 의사상자! 국가유공자가 받는 연금액의 240배까지 받을 수 있는 대우. 그러니 '시체장사'라는 말이 나올 만도 하다. 과거 크고 작은 안전사고 때 유사 안전사고를 당했던 유족들은 국가에 대하여 보상을 바라지도 않았고, 그런 비겁한 거지 근성은 생각도 않고 넘어갔다.〉 〈사고를 당한 유족들이 대통령도 수사하고 기소하겠다는 이 발상은 어떻게 가능한가? 대통령도 정부도 이들에게 안전사고를 교사한 바가 없다. 안전사고에 대한 보상은 사고를 낸 기업체에게서 받아야 하고 사고유발의 직간접적으로 책임이 있는 공직자들로부터 받아야 할 것이다. 국민이 어렵게 낸 세금을 이런 데 지출해서는 안 된다. 우리 현실로 보아 그 돈으로 탱크 비행기라도 몇 대 더 사와야 한다. 종북 정치인들이 이번 세월호 사건을 폭동의 불씨로 키우고 있다. 종북주의자들은 원래 받아들일 수 없는 억지 주장을 하다가 폭동을 일으킨다는 것은 온 국민들이 다 아는 사실이다.〉

이 분의 견해를 경청하면서 에즈라 파운드의 불운의 행보를 생각하게 되는 것은 무슨 연유 때문일까? 에즈라 파운드는 20세기 세계문학사에서 혁혁한 공헌을 한 다재다능한 문인이다. T.S.엘리엇, J.죠이스, 타골에 이르기까지 파운드의 영향과 후원에 힘입어 대성한 문학의 큰 별들이 많다. 그 가운데 엘리엇만 하더라도 파운드가, 그의 탁월한 재능을 발견하고 헤밍웨이와 함께 재정적인 뒷바라지까지 하며, 20세기 모더니즘의 대표적인 시인으로 성장시켰다. 노벨문학상의 수상작이 된 「황무지」는 에즈라 파운드의 권고에 의해 원작에서 반 이상을 삭제하였고 '4월은 잔인한 달'이라는 첫 명구도 개작의 과정에서 탄생한 것이다. 그러나 그의 빛나는 문학자로서의 행보는 2차 세계대전이 발발한 후, 이태리로 건너가 무솔리니의 파시즘에 동조함으로써, 불운을 맞이하게 된다. 파운드는 2차대전이 끝난 후 반미활동의 혐의로 오랫동안 정신병원에 연금되었다가 T.S. 엘리엇이 주축이 된 시인들의 사면운동으로 풀려났다.

파운드는 무솔리니의 금권력에 대항한 정책을 존경했다. 파운드는 이태리의 파시즘이 현대주의의 병폐를 정복할 가능성을 보여준다는 점에 끌렸던 것 같다. 하지만 그는 그 이념보다 더 소중한 생명의 고귀함, 자유, 정의를 간과한 것이 아니었나싶다.

세월호 특별법을 제정하려는 목적은 무엇인가? 죄 없는 수많은 생명들을 바닷물 속으로 끌고 들어갔던 오리무중의 검은 고리의 정체를 기필코 찾아내자는 것이 아닌가. 그래야 억울하게 죽은 영혼들을 위로할 수 있고, 그들의 죽음을 헛되지 않게 하여 또 다른 세월호의 참사를 막을 수 있기 때문이 아닌가? 국조개조를 통해 양심과 정의가 빈사상태에 빠진 대한민국을 소생시키자는 것이 아닌가?

장황한 수사(修辭)는 그만 두기로 하자. 붓이 곡학아세에 감염되면 에이즈에 감염된 것보다도 더 심각하다. 세월호 안에서 수거되어 올라온 국정원의 노트북, 세월호 근처에 떠올랐던 정체불명의 물체, 세월호가 침몰하던 그 시각 어디론가 잠적했다는 대통령의 일곱 시간의 미스터리에 대한 세간의 설왕설래를 악의적인 유언비어라고 하자. 그렇다고 해도 세월호가 침몰하는 72시간 동안 허둥대다가 단 한 명의 생명도 구하지 못하고, 아니 지금껏 시신마저도 다 찾지 못한 책임을 어디엔가 묻기는 물어야 하지 않겠는가! 정부는 누구를 위한 정부이며 대통령은 누구를 위해 존재하는가? 이 사건이 단순한 과거의 유사사건에 불과한 것인가? 이번 참사의 진상규명을 계기로, 대한민국을 중병에 들게 한 병인을 제거하자는 것이 종북주의자들의 상투적인 억지 주장이며 폭동이라고 보는 것이 옳은가?

국민의 전체 대다수가 공감하는 특별법이 현행법과 충돌한다는 여당의 주장도 경청하기는 해야 한다. 그러나 잘못된 법은 고쳐야 한다. 정죄의 대상에게 수사권을 준다는 것은 고양이에게 생선을 지켜달라고 맡기는 것과 무엇이 다른가? "법은 깨어지기 위해서 제정되었다"는 〈노스〉의 말과 "법이 오래 되면 폐단이 생겨서 백성에게 돌아가니 계획을 써서 폐단을 고치는 것은 백성을 이롭게 하려는 까닭이다"라는 율곡 이이의 말을 경청하면서, "법을 소중히 여겨 정의를 저버리는 것은 신을 귀하게 여겨 머리와 발을 잊는 것이다"라는 회남자의 말도 함께 되새겨보아야 한다.

탈무드에 하나의 몸뚱이에 두 개의 머리를 가진 아이를 두 사람으로 생각해야 하느냐, 한 사람으로 생각해야 하느냐라는 논쟁이 나온다. 그 논쟁에 대한 대답은 아주 간단하다. 〈두 개의 머리 중 한 머리에 뜨거운 물을 부어라. 물을 뒤집어쓰지 않은 머리 쪽이 아무렇지도 않은 채 히죽 웃으면 두 사람이고, 뜨겁다고 놀라 울면 한 사람이다〉라고.

'we want the truth'(우리는 진실을 원합니다)라는 글이 새겨진 천막 앞에서 단원고생 김유민 양의 아버지 김영오 씨는 현재 34일째 단식을 하고 있다. 몸무게가 48kg으로 줄어 움직일 때마다 지팡이를 사용해야 하는 피골이 상접한 그의 모습이 아픔으로 느껴지지 않거든, '시체장사'나 '비겁한 거지 근성'을 운운해도 좋다. 그리고 한국을 방문한 교황이 왜 한국에서 느낀 두 가지 문제로 '분단국가'와 '세월호 참사'를 들었을까를 생각해 보라.

"박 교수도……"

강청은 원고에서 눈을 떼고 앞에 앉은 박상규 주간을 바라보며 무겁게 입을 연다.

"같은 생각인가?"

박상규 주간이 미간을 모은다. 입가에 씁쓸한 미소를 흘리며 착잡한 시선으로 강청을 바라본다. 그는 서울의 모 대학 국문과 교수로 계간 문예지 『마당』의 주간을 맡고 있다. 사십대의 중견 시인과 평론가로 주목을 받고 있는 문인인데 강청의 대학 후배이기도 하다.

"제 생각은 좀 다르지만…… 발행인의 입장이 완강하니……."

"그래도 누군가 할 말은 해야 되는 거 아닌가?"

"……."

한동안 무거운 침묵이 흐르는데, 발행인이 좀 전과 달리 누그러진 음성으로 강청의 이해를 구한다.

"선배님도 아시다시피, 밉보여 지원금이 끊기면…… 지금 상황에서 얻는 것보다 잃는 것이 너무 많습니다. 선배님한테도 어떤 일이 닥쳐올지 예측할 수 없는 상황이고…… 지금 유신 정권의 망령들이 되살아나 어떻게 개판을 칠지 알 수 없는 판세 아닙니까? 이 글은 나중에 발표하시고, 새 원고를 주시지요?"

"정 뜻이 그러시다면 어쩔 수 없지요."

"감사합니다."

발행인이 겸연쩍은 표정을 지으며 고개를 숙인다. 뒷맛이 개운치 않은 안색이다. 강청도 그의 심기가 편치 않으리라는 걸 안다. 그도 박 주간 못지않게 정의감이 강하고 양식이 있는 사십대 후반의 중견 시인이다. 함량 미달의 문예지들이 우후죽순처럼 생겨나와 함량 미달의 문인들을 양산하는 한국 문단의 청량제 역할을 하겠다고 창간된 것이 『마당』이 아닌가. 그런 『마당』이 몇 년 못 버티고 경영 악화로 폐간의 위기에 처하자, 사재를 털어 우수 문예지로 성장시킨 것은 오롯이 그의 열정과 경영수완 덕분이었다. 강청이 미력이나마 경영에 참여하게 된 것도 편집진의 열정과 치열한 문학정신 때문이었다.

"그런데……."

강청이 감정이 격해지려는 것을 자제하며 말을 잇는다.

"이지하가 왜 이렇게 더럽게 망가진 거야? 정신 이상이 된 것도 아닐 텐데! 아직 노망이 들 나이도 아니구!"

"그러게 말입니다. 아무리 생활이 어려워졌다고는 해도 이렇게 망가질 수는 없는 거지요! 다들 또라이가 된 게 아니냐고 한탄들을 해요. 작가회의에서도 사람 취급을 안 해요!"

박 주간의 말에 발행인이 가세를 한다.

"그런 인간에게 선배님이 대응하는 것 자체가 무의미한 일이 아닌가 싶기도 해요. 시체에다 비수를 꽂은들 뭐 하겠어요!"

"그래도 이지하만은 꼿꼿한 문인으로 남을 줄 알았는데……."

강청은 길게 한숨을 쉬고 창밖으로 시선을 옮긴다. 빗줄기가 굵어지고 있다. 강변도로로 차들이 하얀 포말을 뿌리면서 꼬리를 물고 질주하고 있다. 강청이 물안개가 낮게 드리운 한강을 바라보고 있는데 박 주간이 강청에게 한마디 툭 던진다.

"이제 칼을 빼들었으니 진검 승부를 하셔야죠. 선배님 말씀대로 이번 소설은 아픈 세월을 정리하는 자전적인 것이고…… 굵은 소설로 신장개업을 하셔야지요. 생활도 안정이 되셨고. 쓰실 거죠?"

"소설?"

강청은 시선을 창밖에 둔 채 자조적인 웃음을 입가에 매단다.

"얼마 전에 조희룡 선배한테서 책 잘 받았다고 전화가 왔어. 아직도 소설에 미련을 두고 있느냐고. 누가 읽어준다고 소설을 쓰느냐고. 자기는 붓을 꺾은 지 오래라고. 한 시대를 풍미했던 유명 작가가 그렇게 말하더라구."

"조 선배는 그 동안 많이 써서 빠대리가 방전 돼서 하시는 소린지도 알 수 없고, 선배님은 아직도 기대를 걸고 있는 사람들이 많아요. 한국 소설 사에 한 획을 그을 걸작이 나올 때가 되었다면서, 그 기대주 가운데 한 사람으로 선배님을 주목하는 사람들이 있어요. 저도 그중 한 사람이고 요. 요즘 소설, 너무 허약하잖아요. 소재부터가 감성이나 자극하는 일상 적인 것이 아니면 진부한 역사소설, 판타지 소설…… 중량감 있는 삶의 문제를 다룬 본격 소설을 찾아보기가 어렵잖아요?"

"세상이 그렇게 흘러가고 있는데 뭘…… 끙끙거리며 무거운 삶의 주제 를 다룬 소설을 읽으려는 독자들이 이 시대에 몇 명이나 있겠어. 이 시대 에는 영웅이 탄생할 수도 없지만, 문호라고 할 만한 작가도 태어날 수 없 는 시대야."

"그래서 모처럼 자전적인 소설이나 한 권 선보이고 폐점 하시겠다는 겁 니까? 지난 세월이 억울하지도 않으세요? 그 아픈 체험이 바로 귀중한 문 학적 자산 아닙니까!"

"글쎄…… 그만 가봐야겠네. 다섯 시에 영등포역에서 해직교수들을 만 나기로 했거든."

이번에는 발행인이 강청에게 묻는다.

"아직도 해직교수 문제에 관여하고 계신가요?"

"학교 측에서 끈질기게 버티고 있어 재판이 끝나지 않은 교수들이 있거 든요. 해직교수협의회도 그대로 존속하고 있고…… 회장직을 사임하고 빠져나오려고 해도 회원들이 완강하게 붙잡고 놓아주지를 않아서 함께 힘을 실어주고 있어요."

"암튼…… 대단하세요. 말이 이십 이년이지…… 정약용도 십팔 년 유배 생활이었는데…… 사람들이 선배님더러 사람이 아니래요."

"뭘…… 포기할 수 없었을 뿐이지. 그럼 내려가는 대로 바로 원고를 보내겠네. 아부의 길은 멀고도 험난하지만, 입맛에 맞는 걸로."

"선배님 칼럼은 언제나 가시가 돋쳐있는데요 뭘. 이번에는 좀 덜 아픈 걸로 보내세요."

"가시가 없으면 장미의 매력을 어디서 찾는가?"

"그렇군요."

"자, 그럼 또 보자구. 권 사장님도 수고하시구요."

강청은 자리를 털고 일어난다. 강청은 따라 일어서는 발행인과 주간에게 뒤따라 나오지 말라고 제지하고 나서, 사장실 출입구 쪽으로 걸음을 옮긴다.

2

　강청이 출입문을 열고 식당 안으로 들어서자, 주인 남자가 강청을 알아
보고 "저 쪽에 들, 계십니다." 하고 안쪽 구석 자리를 가리킨다. 복직 투
쟁을 하며 국회를 뻔질나게 드나들며 모임 장소로 많이 이용해서 주인도
강청을 알아보는 것이다. 식당이 특색이 있어서가 아니라, 영등포역 바로
옆에 자리 잡고 있고 음식도 그런 대로 맛깔스러워서 이용하는 식당이다.

　"비가 좀 그쳤나요?"

　강청이 출입구 옆에 놓인 우산꽂이 통에 우산을 넣고 있는데 얼굴에
잔주름이 많은 주인 남자가 눈으로 웃으며 묻는다.

　"빗발은 가늘어졌는데 아직도 찔끔거리고 있어요."

　"오줌소태 난 년도 아니구! 어지간히 찔끔거리고 자빠졌네요! 팍, 싸버
리고 말지!"

　"그러게 말입니다."

　강청이 주인 남자의 말에 맞장구를 쳐주고 식당 안쪽으로 걸어 들어가
자, "여깁니다. 여기!" 하고 교수들이 손을 흔들어 보인다. 모두 여섯 명이
다. 청주의 박종규 교수, 서울의 이기호, 맹석주, 오희자 교수와 역시 서
울에서 살고 있는 사무총장 김창훈 교수, 그리고 대전의 최정세 교수다.

　강청은 손님들이 듬성듬성 앉아 있는 식탁 사이를 걸어서 가까이 다가
간다. 홀은 넓은데 손님은 반도 차지 않았다.

"어서 오세요, 회장님!"

"아주 건강해 보이세요."

"늦어서 미안합니다. 마포 쪽에 일이 있어서 들어갔다가 나오는데 차가 여간 밀리는 게 아니네요."

김창훈 교수가 일어서며 강청의 말을 받는다.

"아닙니다. 아직, 강릉의 김기석 교수님과 익산의 조기형 교수님도 늦어지고 있는데요, 뭘. 이십 분이면 양호하시지요. 그래서 저희들이 먼저 음식을 시켜서 들고 있습니다."

강청은 교수들과 일일이 악수를 하고 나서 김창훈 교수가 권하는 식탁 안쪽 가운데 자리에 앉는다.

"오랜만이네요. 반년만인가요? 오희자 교수님은 지난 모임 때 못 뵈었으니까, 일 년 만인 것 같고."

"그러게요, 회장님. 건강은 괜찮으시죠?"

오십대 나이보다 훨씬 애 띄어 보이는 오희자 교수가 눈가에 웃음을 밀어 올리며 묻는다.

"네. 아직은 팔팔합니다. 그런데 오늘 참석하시는 교수님들은 두 분이 오시면 다 오시는 건가요?"

"예. 해외에 나가신 분도 있고…… 다들 사정이 계셔서."

"이제 등 따습고 배부르니까 열정이 식으신 거 같습니다. 갈수록 참석률이 저조하고! 개구리가 올챙이 적 생각 안 하는 게 세상사라지만!"

마르고 작은 체구에, 눈빛이 형형한 이기호 교수가 서운한 감정을 드러내놓는다.

"모임 성격이, 가끔 얼굴이나 보면서 회포를 풀자는 걸로 바뀌었으니까요."

"그래도 그렇지, 목숨도 내놓을 것처럼 투쟁하던 때가 얼마나 지났다고…… 국회에서 분신까지 하겠다던 백 모 교수는 연락해도 전화도 안 받아요! 내, 참!"

"사정이 있겠지요."

강청은 말은 그렇게 하면서도 서운함을 넘어 슬그머니 분노가 치미는 감정을 다독인다. 되돌아보면 얼마나 처절하고 막막했던 순간순간의 시간들이었던가. 국회에서, 거리에서, 법원에서 절규하며, 무너지고 일어서기를 수없이 반복하면서도, 끝까지 함께 가자고 결의를 다진 사람들이었다. 그런데 보상 받고 복직하자, 아직 결말을 보지 못하고 고통 속에서 신음하고 있는 해직 교수들이 남아 있는데도, 연락조차 끊는 사람들을 보면서 허탈감마저 든다.

"대구 김태현 교수님은 건강이 어떠신가요? 연락은 드렸나요?"

"건강이 안 좋으신가 봐요. 연락은 드렸는데 거동이 불편해서 참석을 못 하시겠다고 하더라고요."

"학교 측하고는 아직 해결이 안 되고요?"

"잘 아시잖아요. 대구의 계몽대학하고 영운대학이 어떤 대학인지…… 영운대학은 박통 시절에 강제로 꿀꺽한 대학인데다, 박근혜가 또 누굽니까! 절대로 복직 안 시킵니다. 보상도 제대로 받기가 어려울 겁니다. 들리는 말로는, 한누리당 주호성 의원에게, 해당 사학에서 잘 해결해 달라고, 변호사 비용으로 사십억을 모아서 수임료로 줬다고 합니다."

김창훈 교수의 말에 이기호 교수가 발끈한다.

"애비한테 보고 배운 게 뭐겠어요! 그런 인간을 대통령으로 뽑다니! 참 헷갈리는 국민들이에요!"

이번에는 작달막한 키에 앞머리가 벗어지고 선량한 눈빛의 맹석주 교수가 한마디 한다.

"나라가 하도 어렵고 개판이다 보니 박통시절의 향수에 젖은 유권자들이 혹시나 해서 찍은 거 아니겠어요? 역시, 역시나지만!"

"그런데 정인해 문건 유출 사건이랑 최신실 국정 농단 사건은 진실이 밝혀질까요? 나라가 그 일로 점점 더 시끄러워지고 있는데!"

"쉽게 밝혀지겠어요? 정치가 국민의 수준을 못 따라가는 나라에서 국민들만 괴롭고 고통이 더 가중될 뿐이지!"

"분명한 건……."

김창훈 교수가 말을 잇는다.

"이대로 놔둬선 안 된다는 거죠! 지금 이게 어디 나랍니까? 여당이고 야당이고 진정으로 나라 걱정하는 정치꾼이 몇이나 됩니까! 친박, 비박, 친노, 비노…… 밥그릇 싸움에나 정신이 팔려 있지! 그나마 깨어 있는 국민들이 많아서 다행이지!"

"그러게 말입니다. 의식이 있던 지식인들도 정권에 빌붙어 헛소리나 해대고! 이지하 같은 인간도 망령이 씌워 헛소리를 해대는 시국이니 더 말해 뭐하겠어요!"

강청이 길게 한숨을 내쉬자, 시인이기도 한 김창훈 교수가 맞장구를 친다.

"들리는 말로는 신문 방송에서 앵무새 노릇을 해주는 대가로 십억을 받았다는 소문도 있어요."

"무슨 말씀인가요?"

맹석주 교수가 의아한 눈빛으로 김창훈 교수를 바라본다.

"이지하가 세월호 피해 가족들을 매도하고 특별법에 가당치 않은 이의를 제기한 일, 모르세요?"

"아, 그 글! 동영상으로도 유포되고 있던데……."

법학 교수인 최정세 교수가 끼어든다.

"옳은 소리도 있어요. 현행법과 충돌한다는……."

"진상조사위원회에 대한 수사권과 기소권 부여가 법체계 위반이라는 여당 주장에 동의하시는 건가요?"

김창훈 교수가 조심스럽게 묻는다.

"부정할 수는 없지요."

"저는 그렇게 생각 안 합니다. 전례도 있고 사법체계를 흔들지 않고도 얼마든지 절충안을 찾을 수 있다고 생각합니다. 이 사건 자체의 기이하고 전례 없는 특성을 강조한다면 그 이상이라도 해야 마땅합니다.

그 날, 4월 16일로 돌아가 봅시다. 그날 오전 세월호 침몰 소식이 뉴스를 통해 전해졌고, 바다 한가운데 비스듬히 누워있는 세월호 모습이 텔레

비전 화면에 생생히 보였습니다. 해경경비정 투입, 헬기 도착 등 구조를 알리는 자막이 연달아 나왔습니다. 학생과 승객 전원이 구조될 것을 의심한 사람은 거의 없었습니다. 점심시간에 세월호가 화제에 올랐지만 단순사고 정도로 취급했고 오후 들어서도 이런 낙관은 크게 달라지지 않았습니다. 한참 지나서야 수백 명이 구조되지 못했다는 소식을 들은 국민들은 경악했습니다. 온 국민이 두 눈을 뜨고 지켜보는 가운데 단 한 명도 구해내지 못한 현실이 도무지 믿기지 않았습니다. 국민들은 그 순간 우리가 자랑해온 대한민국의 기반이 얼마나 허약한가를 깨달았습니다. 우리의 형편없는 수준과 역량을 똑똑히 목도하고 한없이 부끄러웠습니다. 다음날부터……."

김창훈 교수는 격앙되는 감정을 자제하려는 듯 말을 멈추고 침을 꿀꺽 삼킨다.

"다음날부터 그 동안 가려져왔던 우리의 치부가 낱낱이 드러났습니다. 대통령은 최고책임자로서의 역할을 포기했고, 정부는 무능했습니다. 해경은 자신들의 임무가 뭔지도 몰랐고 관제센터는 자리를 비웠습니다. 선장과 선원은 승객을 팽개쳤습니다. 해운사와 관리감독관은 돈 몇 푼에 멋대로 법을 어겼습니다. 어느 곳 하나 제대로 돌아가는 곳이 없었고 악취를 풍기지 않는 구석이 없었습니다. 대한민국을 혁신해야 한다는 목소리가 분출했습니다. 세월호 이전과 이후가 완전히 다른 나라를 만들겠다고 정치인들의 약속이 쏟아졌습니다.

그런데…… 그때의 다짐과 약속은 얼마나 지켜졌고, 대한민국은 얼마나 달라졌습니까? 대통령은 과연 변했습니까? 장관들은? 일선 공무원은? 야당은? 그리고 국민 개개인은? 아무도 달라지지 않았고 아무것도 바뀌지 않았습니다. 세월호 참사 이전과 이후는 똑같은 나라일 뿐입니다."

"그렇다고 언제까지나 이 사건에 붙잡혀 있을 수는 없지 않습니까? 적정한 접점을 찾아야지."

"적정한 접점요? 그 접점이 어딥니까? 사람들은 세월호 피로를 말합니다. 세월호 때문에 경제가 어렵다고 하고 장사가 안 된다고 합니다. '그만하면 할 만큼 한 것이 아니냐'거나 '이제 정상으로 돌아가야 하지 않느냐'고도 합니다. '유족이 벼슬이냐'는 막말도 거침없이 퍼붓습니다.

세월호 참사가 피로를 운운할 사안입니까? 그것은 과거를 망각하고 적당히 넘어가자는 얘기밖에 되지 않습니다. 세월호 참사는 힘들다고 외면할 수 있는 성질이 아닙니다. 아무리 어렵고 고통스러워도 정면으로 응시하고 끈질기게 물고 늘어져야 할 국가적 과젭니다. 집권층과 국민들 머릿속에 깊게 각인될 때까지 무엇이 잘못됐는지 끝없이 묻고 따져야 합니다. 꼭 대형사고가 되풀이되지 않도록 하기 위해서 뿐만이 아니라, 대한민국을 한 단계 높게 성장시키기 위해서 반드시 필요한 과정입니다. 논란을 빚고 있는 세월호 특별법도 이런 시각에서 봐야 한다고, 저는 생각합니다."

"저도 김 교수님 생각에 동의합니다. 제 말씀은, 여당의 주장도 법률적으로 볼 때, 내칠 수 없는 정당성이 있다는 거지요."

최정세 교수의 기세가 꺾인 말을 이기호 교수가 차 잡고 든다.

"청와대와 여당이 한사코 제대로 된 특별법 제정을 막는 속사정은 딴데 있는 거 아닙니까? 박 대통령을 보호하려는…… 그런 여지는 충분히 있다고 봐요. 정부의 무능과 무책임, 참사 당일의 아리송한 박 대통령의 행적이 밝혀져 큰 타격을 입지 않을까 하는 우려 때문이 아니겠습니까? 박 대통령은 '대통령이 직접 나서라'는 세월호 유가족과 야당, 심지어 여권 일각의 요구에 대해 아무런 반응이 없습니다. 세월호 진상규명을 촉구하는 동조단식 시민이 수만 명에 이르고 세월호 유가족들이 청와대 앞에서 무기한 철야농성을 벌이고 있는데도 오불관언입니다. 특유의 불통병이 다시 도진 모양입니다."

분위기가 조금 숙연해지자 강청도 무겁게 입을 연다.

"그렇습니다. 지금 우리는 다시 과거의 모습으로 되돌아가고 있는 것이 아닌지 깊이 반성해야 합니다. 량치챠오(梁啓超)가 '조선 멸망의 원인'이란 글에서 우리의 민족성을 비판했지요. '조선 사람들은 화를 잘 낸다. 모욕을 당하면 곧 팔을 걷어붙이고 일어난다. 그러나 그 성냄은 얼마 안 가서 그치고 만다. 한번 그치면 죽은 뱀처럼 건드려도 움직이지 않는다.'고. 세월호 참사 진상규명은 유가족의 문제가 아니라 역사의 명령이라고 생각해요."

"언론도 문제예요."

언제나 과묵하고, 오늘 참석한 교수들 중 가장 나이가 많은 박종규 교수가 안경을 왼손으로 밀어 올리며 한마디 한다.

"언론은 이미 '세월호 정국'에서 벗어나 있어요. 유병언이 살아 있을 때 유병언과 '구원파 정국'이었고, 유병언이 죽은 것으로 발견됐을 때는 '시체

140

정국'이었습니다. 그리고 그의 아들 유대균이 검거됐을 때는 '치킨 정국'이었습니다. 세월호 참사 피해자 가족들이 단식하면서 특별법에 진상을 규명할 수 있는 수사권과 기소권을 포함시킬 것을 요구하고 있지만 언론에겐 잘 들리지 않는 모양입니다. 신문에서도 세월호 참사 소식을 찾아보기 어렵습니다. 지난 번 피해자 가족들의 기자회견을 조선·중앙·동아일보는 보도하지 않았습니다. 가수 김장훈 씨가 세월호 단식에 동참했다는 내용도 몇몇 언론에서만 짧게 소개됐습니다. 피해자 가족들에 대한 여당 의원들의 막말도 찾아보기 어렵습니다. 김택흠 한누리당 의원이 국회 본청 앞에서 단식중인 세월호 피해자 가족들을 '노숙자'에 비유했지만 지상파 방송 어느 곳도 이를 보도하지 않았습니다. 오히려 조선일보가 사설에서 '정치인으로서 기본 소양을 의심케 한다'며 강하게 질타했습니다. 회장님 말대로 냄비근성이 문젭니다."

박종규 교수가 말을 끝내자 오희자 교수가 웃으면서 음식을 들기를 권한다.

"역시 나라 걱정은 우리 복추위 교수님들밖에 제대로 하는 사람이 없네요. 시장하실 텐데 음식을 들면서 말씀들을 나누시지요."

이기호 교수가 반색을 하며 카운터 쪽을 향해 큰 소리로 외친다. "사장님, 여기요! 고기 이 인분만 더 주세요! 소주도 한 병 더요!"

비는 다시 요란하게 퍼붓고 있다.

3

큰아들네가 이사 간 아파트는 수원역에서 택시로 이십 분 남짓 되는 거리였다. 큰아들은 유아원에 다니는 손녀의 양육 때문에 화서역 근처의 주공아파트에서 장안구 조원 주공아파트로 두 달 전에 이사했다. 경찰 공무원인 며느리가 출산 휴직을 끝내고 복직을 하자 손녀의 양육에 문제가 생긴 것이다. 삼십사 개월 된 손녀를 수원 경찰청에서 운영하는 유아원에 보내기 위해 부득이 유아원 근처의 아파트로 이사를 간 것이다.

강청은 또 두리번거리며 아파트 동수를 살핀다. 택시 기사가 215동 앞에서 내려줬으면 좋았으련만, 아파트 중앙 공터에 내려놓고 가버린 것이 불찰이었다. 208, 209, 210, 211, 212…… 강청은 가로등 불빛 아래서 아파트 동 호수를 헤아리며 다시 정문 아래쪽으로 내려온다. 아무리 주변에 있는 아파트의 동수를 살펴보아도 215동은 눈에 띄지 않는다.

먼저 살던 주공아파트보다 단지가 넓어서 더 찾기가 어렵다. 전에 살던 아파트는 단지도 작고 건물도 오래 되어서 주거 환경이 열악했다. 이십 이 평인데다가 실 평수도 작아서 손님이 오면 거실에 편히 앉을 수도 없었다. 장점이 있다면 전철역이 오 분 거리에 있다는 것뿐이었다. 그런데 이번에 주거 환경이 더 나은 삼십오 평짜리 아파트로 넓혀서 온 것이다.

모자라는 전세금은 며느리의 친정에서 보내온 오천 만원에다 강청의 아내가 대출을 받아 보탰다고 했다. 아내가 그 내막을 말해서 알게 됐는데,

아내의 말투 속에는 은근히 생색을 내면서 강청도 보고만 있을 거냐는 채근이 숨어 있었다. 그러나 강청은 아내의 말을 귓등으로 흘려버렸다. 여력도 없었지만, 아내가 큰아들을 시켜 어머니를 모시고 오려거든 이혼을 해달라고 별거를 선언하고 따로 독립해 나간 후, 홀로 서기를 다짐하면서, 가정사에 얽매이지 않겠다고 굳게 다짐한 지 오래였다. 아내와 상의 한마디 없이 어머니 말만 듣고 누이동생에게 보증을 서주었다가 경매를 당하여 집안이 풍비박산이 난 책임을 통감하면서도, 강청은 아내의 처사가 그렇게 야속할 수가 없었다.

경매를 당하고 남은 돈은 일억 원이었다. 남은 일억 원을 두 아들에게 오천만 원씩 결혼 자금에 보태라고 나눠주고 나니 당장 어머니를 모시고 갈 거처 마련이 막막했다. 강청은 학교 교수회관에서 생활하게 되어 문제가 없었지만, 대출 이자도 갚아나가기 어려운 형편에 어머니를 모실 집을 얻는다는 것은 엄두도 못 낼 일이었다. 신용 불량자가 되어 추가 대출도 불가능했다

어머니가 강청의 딱한 처지를 알고 어느 날 옷가지를 챙겨 가지고 집을 나갔다. 어머니는 막상 집을 나왔지만 갈 곳이 막막했을 것이다. 어렵게 살고 있는 남동생들 집으로 갈 수도 없고, 그렇다고 누이동생네 집으로 찾아가서 어려운 살림에 빌붙어 살며 누이동생의 가슴에 못을 박고 싶지도 않았을 것이 뻔했다. 어머니는 고민 끝에 발길이 떨어지지 않는데도 혼자 살고 있는 시골 여동생을 찾아갈 수밖에 없었던 모양이었다. 강청은 애를 태우며 수소문 끝에 어머니가 이모님 댁에 계신 것을 알고 찾아갔

다. 어머니는 한사코 집으로 돌아가지 않겠다고 버티셨고, 이모님도 이제 아내와는 의가 나서 함께 살기 어려우니 형편이 나아지면 그때 모셔가라고 했다. 강청은 하는 수 없이 참담한 심경으로 발길을 돌릴 수밖에 없었다. 그러고 나서 몇 달 후 사채로 투 룸을 얻어 어머니를 모셔왔다.

강청은 한참을 더 주변을 두리번거리며 살피다가 핸드폰을 꺼내든다. 큰며느리의 번호를 찾아 통화 버튼을 누른다.

"아버님, 지금 어디세요?"

큰며느리가 반색을 하며 받는다.

"아파트에 와 있다. 정문 근처 212동 앞인데 아무리 둘러봐도 못 찾겠다. 어디, 뒤쪽이냐?"

"예. 아버님. 정문 쪽으로 더 내려오세요. 213동이 보이실 거예요. 거기서 안쪽으로 오시다 보면 215동 앞에 이르게 돼요. 민희 애비더러 내려가라고 할게요."

"애비도 퇴근했냐?"

"예. 아버님 오신다고 퇴근하고 바로 들어왔어요."

"알았다. 바로 찾아가마."

강청은 며느리가 대답하기도 전에 통화를 끝내고 걸음을 재촉한다. 정문까지 내려와서 며느리가 알려준 대로 왼쪽 길로 접어든다. 길을 따라 백 미터 쯤 안쪽으로 가다보니까 215동이 모습을 드러낸다. 강청이 215동 쪽으로 걸음을 옮기는데 후리후리한 키에 티셔츠를 입은 반바지 차림의 큰아들이 마주 걸어오며 알은체를 한다.

"바로 전화하시지 그랬어요."

"별로 헤매지 않았다. 오늘은 야근이 아니냐?"

"예. 어제가 야근이었어요. 그런데 저녁 식사는 하셨어요?"

큰아들이 물으며 강청의 옆으로 다가선다.

"먹었다. 영등포에서 해직 교수님들과 식사하고 수원역에 와서 택시를 탔다. 그냥 갈까 하다가 민희 본 지가 오래 돼서…… 어떻게, 유아원에서도 잘 적응하냐?"

"예. 윤희와 도영이도 잘 다니지요?"

큰아들이 작은 아들네 아이들의 안부를 묻는다.

"걔들이야 즈이 에미 애비가 챙겨줄 시간도 많고, 니 어머니가 옆에서 신경을 써주니까 훨씬 낫지. 민희 에미나 너나 애한테 신경 쓸 시간이 없어서 걱정이지."

기실 작은아들네는 육아에 큰 어려움이 없다. 내외가 직장에 나가도 작은아들은 대학에 근무하고 있고, 작은며느리도 공기업에서 간부의 직임을 맡고 있기 때문에 출퇴근 시간이 안정적이다. 거기다가 아내가 작은아들네가 살고 있는 아파트 앞 동에 살면서 신경을 써주니까 육아 여건이 좋은 편이다. 그런데 큰아들 내외는 둘이 경찰공무원인데다가, 큰아들이 서울 경찰청 특공대에 근무하기 때문에 근무 시간이 일정치 않아 명절에도 가족끼리 시간을 갖기가 쉽지 않다.

"특공대는 언제까지 있어야 하냐? 너도 이제 나이가 있는데, 힘들지 않냐?"

"팀장을 마치고 내년에 승진이 안 되면 일선 경찰서로 나오려고 해요."

"그게 좋겠다. 너무 욕심 부리지 말고 평범하게 살아라."

"욕심은요…… 좋아서 선택한 길도 아닌 걸요. 제가 가고 싶었던 길은…… 그래도 후회는 없어요."

"그래, 고맙다."

강청은 고맙다는 말끝에 미안하다는 말을 하려다가 입을 다문다. 아내의 말대로 강청이 해직을 당하고 질곡의 세월 속에서 가족들이 어려움을 겪지 않았다면 두 아들의 삶의 시작이 더 순조로웠을 것이다. 큰아들 형민은 어려서부터 정이 많고, 정의감이 강하면서 운동을 좋아하는 활달한 성격이었다. 작은아들 재민도 사려가 깊고 매사에 긍정적인 노력 형이었다. 그런데 강청의 실직과 오랜 법정투쟁으로 가정이 흔들리면서 아이들의 심성에도 짙은 그늘이 뒤덮였다. 형민의 성격도 속내가 깊은 내향성으로 바뀌어갔다.

형민은 고등학교 때 입시를 앞두고도 과외 한번 제대로 받지 않았다. 가정 형편이 어려운 것을 아는 형민은 자기보다 성적이 좋은 동생 재민이가 더 좋은 여건에서 공부할 수 있도록 늘 양보하였다. 수학여행을 갈 때에도 부모에게 말하지 않았다. 아내는 형민이 여행 경비를 달라는 말을 못 하고, 가정 형편이 어려워서 여행을 못 간 몇 명 안 되는 아이들과 함께 나흘 동안이나 학교에 남아서 자습을 한 사실을 두고두고 가슴 아파했다.

형민은 대학 진학도 취업이 쉽다고 생각해서, 적성에 안 맞는 산업대학

에 입학했다가, 삼학년 때 자신의 운동 특기를 살려, 국립대학 체육과로
편입하였다. 그리고 나서 졸업하고 바로 경찰공무원 시험을 보아 임용되
었다.

"민희 에미는 근무하기가 좀 나아졌냐?"

강청은 아파트 출입구 계단을 오르며 큰며느리의 안부를 묻는다. 큰며
느리는 이 년 동안의 육아 휴직을 마치고 나서 본청보다 비교적 출퇴근
시간이 일정한 지구대로 복직하여 행정 업무를 맡고 있다.

"순찰은 돌지 않고 행정 업무만 하니까요."

"다행이구나."

큰 아들네 집은 십 이층이다. 현관문을 열고 들어서자 큰며느리가 반갑
게 맞이한다.

"아버님, 집 찾느라고 고생하셨지요? 저녁 식사는 하셨어요?"

"서울에서 먹고 왔다."

큰며느리가 옆에서 강청을 멀뚱히 바라보고 있는 손녀의 머리를 쓰다듬
으며 인사를 시킨다.

"민희야, 할아버지한테 인사해야지."

손녀는 수줍게 웃으면서 제 어머니의 품에 얼굴을 묻는다. 손녀는 눈이
크고 해맑은 얼굴인데 식성이 까다로워 잘 먹지 않아 야위어 보인다.

"그래, 우리 민희 얼마나 컸나 보자."

강청이 손녀를 안으려고 하자 재빨리 거실 쪽으로 달아난다.

"하하하…… 대전 할아버지 언제 오시느냐고 하더니, 쑥스러운가 봐요.

자주 봐야 하는데……."

"그러게 말이다."

강청도 낮게 따라 웃으며 거실 쪽으로 걸음을 옮긴다.

"아버님, 집이 굉장히 넓지요? 먼저 집에 비하면 대궐 같아요."

큰며느리의 목소리가 활기차다. 단발머리에 앳된 얼굴이 서른넷의 나이
보다 젊어 보인다. 성격도 활달하다.

"그래. 이만하면 느이들 살기에는 충분하겠다."

"그렇지요, 아버님? 민희 방도 아주 넓어요. 제 방을 꾸며 줬더니 아주
좋아해요. 한번 보세요."

큰며느리는 거실 맞은편 방으로 걸음을 옮긴다. 손녀의 방은 넓다. 벽
도 아이들의 정서에 맞는 그림 도배지로 도배를 하고, 책장 세 개는 유아
용 도서와 장난감으로 가득 채워져 있다. 손녀는 제 방으로 달려와 퍼즐
을 맞추고 있다.

"민희가 좋아할만 하구나. 그런데……."

강청은 거실과 주방 쪽을 둘러보며 말을 잇는다.

"식탁하고 소파는 쓰던 걸 그냥……."

"괜찮아요, 아버님. 전혀 불편하지 않아요."

큰며느리는 불편하지 않다고 하지만 식탁은 세 사람이 식사를 하기에
도 작고, 소파는 두 사람이 앉기에도 비좁은 크기다.

"아직 쓸 수 있는데 버리기는 아깝잖아요?"

큰아들도 담담한 표정으로 큰며느리의 말에 동조한다.

"그래도 어느 정도 구색이 맞아야지. 우선 식탁부터 바꿔라. 내가 다른 건 못 하고, 식탁이나 하나 사주마. 괜찮은 걸로 주문해라. 대금은 바로 입금해 줄 테니."

"괜찮아요, 아버님. 아버님도 넉넉하지 않으신데……."

큰아들이 또 제 아내의 말에 동조한다.

"걱정 마세요. 나중에 쓰다가 불편하면 저희가 마련할게요."

"긴 말 말고 내 말대로 해."

며느리가 활짝 웃으며 머리를 조아린다.

"아버님, 감사합니다!"

"그래, 허름한 거 말구 좋은 걸로 구입해라."

"네, 아버님! 피곤하시지요? 가운데 방에 편안하게 자리를 펴 놓았습니다. 샤워부터 먼저 하시지요."

"그럴까……."

강청은 선선히 큰며느리의 말에 따르기로 한다. 시간이 어지간하면 얘기나 좀 나누다가 일어설까 했으나, 되짚어 집으로 내려가기에는 시간이 너무 늦었다. 강청은 가운데 방으로 들어가 큰며느리가 내어주는 편한 옷으로 갈아입는다. 큰아들의 옷이라서 상의와 하의가 모두 헐렁하다.

강청이 샤워를 하고 나오니까 거실에 술상이 차려져 있다. 마른안주에다 수박과 포도, 맥주가 두 병 준비되어 있다.

소파에 앉아 있던 큰아들이 일어선다.

"샤워하셨으니까 시원하게 맥주 한잔하세요. 술은 많이 하지 않으셨지요?"

"많이는 안 했다. 그래, 민희 에미와 같이 한잔하자."

그릇을 씻고 있던 큰며느리가 반색을 한다.

"그럼요, 아버님! 주님 모시고 감사 부흥회를 열어야지요."

강청이 상 앞에 좌정하자 큰아들이 마주 앉는다. 큰며느리가 안주를 더 챙겨가지고 온다. 치킨과 생선가스를 상 가운데다 내려놓는다.

"아니, 언제 이런 걸 준비했냐?"

"상가에서 배달해온지 얼마 안 돼요. 드셔 보세요. 아직 따뜻해서 렌지에 데우지 않았어요."

"뭘 이런 거까지 준비했어. 시간이 없어서 절절매면서."

큰며느리가 큰아들 옆에 앉으며 대답한다.

"그래도 아버님이 모처럼 오시는데…… 더 맛있는 걸 해드려야 하는데 죄송해요. 갑자기 오신다고 해서…… 다음에 오시면 정말 맛있는 거 해드릴게요."

"괜찮다. 너희들이 정답게 사는 걸 보는 것만으로도 충분하다. 아무리 음식이 맛 있은 들, 사람 정 맛만 하겠냐. 민희는?"

"제 방에서 장난감 가지고 놀고 있어요."

"혼자서도 잘 노는 모양이구나."

"방목하다시피 키우니까요."

큰며느리가 가볍게 한숨을 쉬면서 맥주병을 집어 든다.

"아버님, 맥주만 드려요? 쏘맥 좋아하시잖아요?"

"쏘맥? 소주는 있냐?"

"있고말고요! 어떤 분 며느린데요! 퇴근하고 피곤하면 저도 가끔 가볍게 남편이랑 쏘맥 해요."

큰며느리가 벌떡 일어선다. 강청은 소주를 가지러 주방으로 가는 큰며느리의 뒤태를 멀거니 바라본다. 큰며느리는 작은며느리와 달리 붙임성이 있고 술도 잘한다. 아내는 시아버지와 스스럼없이 대작을 하는 큰며느리의 태도에 더러 불만을 표하기도 하지만 강청은 오히려 더 살가운 정을 느낀다. 작은며느리는 큰며느리와 대조적이다. 작은며느리는 키도 크고 행동거지도 과묵하고 조신해서 믿음성이 가지만 풋풋한 정은 덜하다. 성격 차이도 있지만 각기 다른 직장 분위기에 젖은 때문인지도 모른다는 생각을 하는데, 큰며느리가 소주와 맥주병을 들고 온다.

"맥주까지 더 가져와? 얼마나 많이 하려고?"

큰아들의 말에 며느리가 활짝 웃는다.

"여보, 우리도 아버님 모시고 모처럼 기분 좋게 한잔해요. 소주 한 병에 맥주 세 병, 그래야 비율이 딱 맞는 거 아녜요? 아버님, 맞지요?"

"그래, 각 일병은 해야지."

"역시, 아버님은 멋지세요!"

큰아들도 싫지 않은 듯 빙그레 웃으면서 얼른 맥주 컵을 집어 든다. 큰아들이 같은 비율로 컵에 소주를 따라 놓자 큰며느리가 맥주를 붓는다. 술잔을 분배한 큰며느리가 강청 더러 한마디 하라고 권한다.

"아버님 좋은 말씀, 한 말씀 해주세요."

"좋은 말씀은 무슨…… 새삼스럽게……."

"그래도 오늘은 특별한 날이잖아요. 큰 집을 얻어서 이사도 왔고요."

"그런가……."

강청은 무슨 말로 건배를 할지 잠시 생각을 궁굴린다.

"그럼…… 내가, 행바지! 하면 따라서 복바지! 해라."

"무슨 뜻이에요?"

"너희들의 행복을 기원하는 염원이 담긴 주문이지. 행복은 바로 지금부터! 복도 바로 지금부터!"

"아버님, 너무 멋져요! 아버님이 만드신 거예요?"

"그래, 지금 즉석에서!"

"우아, 아버님은 정말 다르셔!"

강청이 술잔을 들고 "행바지!" 하고 외치자 큰아들 내외도 "복바지!"를 힘차게 외친다. 건배한 잔을 비우고 나자 큰며느리가 이번에는 자기가 건배사를 하고 싶다고 한다.

"아버님, 이번에는 제가 건밸 할게요."

"그래라."

"이번 건배는…… 사바지! 사바지에요!"

"그건 또 뭔데?"

큰아들이 묻는다.

"응…… 이건…… 당신의 미지근해져 가는 사랑을 화끈하게 달구어 달라는 주문! 사랑은 바로 지금부터! 어때요? 맘에 안 들어요?"

"아버님 앞에서 무슨 그런…….."

"행복의 첫 번째 조건이 사랑 아닌가…… 사랑이 없으면 천사의 말이라할지라도 소리 나는 구리와 울리는 꽹과리가 되고…… 어머님이 좋아하시는 고린도 전서 십삼 장 말씀!"

"그래, 그래! 사랑 때문에 울고 웃는 게 인생이라는 유행가 가사도 있더라. 니 어머니가 말하는 사랑은 꼭 남녀 간의 사랑은 아닐 테지만…….."

"왜요, 아버님? 여자들은 누구나 제일 먼저 사랑하는 사람의 사랑을받고 싶어 해요. 어머님도 그 무엇보다도 아버님의 사랑을 받고 싶어 하실거예요. 두 분이 열열이 사랑하시다가 결혼하셨다면서요? 어머님이 그렇게도 좋으셨어요?"

"니 어머니가 그렇게 말하더냐?"

"예. 아니에요?"

"…….."

"며느리한테 고백하시기가 멋쩍으세요?"

"글쎄다…….."

강청은 헙헙하게 웃음을 흘리며 짧게 한숨을 내쉰다. 큰며느리는 순간의아해 하는 눈빛으로 강청의 표정을 살핀다.

강청은 이번에 출간한 자전적인 소설에서, 아내에게 조금 미안한 감정을 가지면서도 진솔하게 서술하였지만, 아내를 열열이 사랑해서 한 결혼은 아니었다. 그는 결혼 자체에 큰 의미를 두거나 특별한 관심이 없었다.

그의 삶의 회의에서 비롯된 정신적인 방황은 대학을 졸업하고, 교편을 잡고, 군대에서 제대하고서도 한동안 계속되었다. 그는 제대하고 복직한 학교에서 아내를 만났다. 아내는 그보다 일 년 먼저 읍 소재지의 공립여자고등학교에서 양호교사 겸 교련교사로 근무하고 있었다.

그때 그는 스물아홉, 그의 아내는 스물일곱 살이었다. 그의 아내는 뛰어난 미모는 아니어도 건강하고 예뻤다. 성격도 밝고 적극적이었다. 그런데 어딘지 모르게 언뜻언뜻 그늘이 느껴졌다.

그는 그녀와 같은 학생과에 소속되어 책상을 마주하고 앉았다. 그녀는 시간이 나면 문학전집을 열심히 읽었다. 그는, 교련 선생치고 특별한 취미를 가지고 있구나, 생각하면서 그녀를 관심 있게 보았다. 그는 처녀 선생들과 어울려 더러 그녀네 자취집에도 들렀다.

그녀의 자취집은 그의 하숙에서 그리 멀리 떨어져 있지 않았다. 그녀가 가끔 정성껏 음식을 만들어 가지고 그의 하숙집에 들르기도 하였다. 그는 그녀의 호의에 자연스럽게 동화되면서, 차츰 그녀의 그늘이 어디에서 연유하는지를 알게 되었다.

그녀는 첫 결혼에 실패한 여자였다. 어느 날, 그녀의 전 남편이 학교로 찾아와 소란을 피우고 그녀에게 망신을 주면서 재결합을 요구하였다. 그녀가 벼랑에 몰린 가엾은 짐승처럼 구원을 애소하는데도 누구 하나 정면으로 맞서 남자의 횡포를 제지하려고 하지 않았다. 오히려 그녀의 불행을 은근히 음미하는 듯한 태도를 보이는 여교사도 있었다. 남자는 노발대발하는 여교장에게도 그녀의 사표를 받으라고 소리쳤다. 남자가 학교에 찾아와 소란을 피운 목적은 그녀를 교직에서 물러나게 하려는 의도에서였던 것이다.

그녀는 며칠 동안 학교에 나오지 않았다. 가까이 지내는 여교사들이 하숙집으로 찾아가 그녀를 위로하며 툭 털고 어서 학교에 나오라고 권유했다. 사실 그녀에게 달리 선택의 여지가 없었다. 그녀에게는 창피함보다도 생활이 더 절실했다. 그녀는 여교장에게 사과하고 다시 출근했다.

그는 진심으로 그녀를 위로했다. 그는 한 인간의 고뇌를 이해하고 아픔을 쓸어안는다는 문학청년의 다소 환상적이고 낭만적인 기분으로, 그녀를 순수하게 대했다. 주위에서 우려의 시선으로 그들을 바라보았다. 그는 개의치 않았다. 그리고 마침내, 여름 방학이 끝날 무렵 그녀와 떠난 여행의 귀로에서, 송림 속에서 놀이 지고 있는 바다를 바라보다가, 그녀가 여자로 다시 태어나고 싶어 했을 때, 담담하게, 그녀가 꿈꾸고 싶어 하는 남자가 되어 주었다.

그러나 그는 그녀와 결혼하고 싶은 생각은 없었다. 그는 여전히 결혼에는 회의적인 생각을 가지고 있었다. 그런데 그녀는 시간이 흐르면서 점점 커져가는 그에 대한 소유욕을 제어하지 못해 괴로워하는 것 같았다. 그리고 정말 그녀가 괴로워하지 않으면 안 될 일이 생겼다.

그와의 염문이 그녀를 괴롭혔다. 그와 그녀에 대한 소문은 입 방아질 꺼리가 없어서 항상 심심한 여학교에서 신명나는 화제가 되었다. 더욱이 그는 인기 있는 총각선생이었다. 그에게 야심을 품고 있던 처녀 선생이 은밀히 소문을 부풀리면서 그녀를 괴롭혔다. 그녀가 참다못해 그 처녀 선생에게 분노를 표시한 것이 큰 싸움으로 번졌다. 마침내 그녀는 여교장에게 불려가 일방적으로 모멸을 당했다. 그는 그것을 보고 격분했다. 그는 그녀를 괴롭히는 당사자들에게 공개적으로 무엇이 부도덕한가를 따지면서 사과를 요구했다. 비난의 대상이 될 수 없는 두 사람의 교제를 비난한 당사자들은 사과하지 않을 수 없었다. 그러나 교장의 미움까지 사게 된 그녀의 입장이 곤란하게 된 것만은 어쩔 수 없었다.

그녀는 다른 군 소재지의 여자고등학교로 전근되었다. 그녀는 그 학교에서도 따가운 시선에 자유로울 수 없었다. 하지만 무엇보다도 그녀를 괴로움과 비탄에 빠지게 하는 것은 솟구쳐 오르는 그에 대한 그리움인 듯했다. 그녀는 그에게 하소연이 섞인 연모의 편지를 애절하게 보내왔다.

그는 깊은 고뇌 끝에 마음의 결정을 내렸다. 그를 절실하게 필요로 하는 그녀의 사람이 되어 주기로. 어차피 이 세상에 내 것은 없고, 결혼도 이 세상에 머무는 동안 서로가 서로에게 잠시 빌려 주었다가 다시 육신도 영혼도 돌려받는 것이라면, 필요한 사람에게 빌려주자는 감상적인 생각과 함께. 문학도 이해하고 삶에 충실한 그녀와 생의 길동무가 되는 것이, 뭐 그리 나쁠 게 있겠느냐는 현실적인 계산도 하면서.

그렇지만 곧 그의 판단에 많은 오차가 있었음을 알게 되었다. 그녀 역시 세상의 보통 여자들과 다를 바가 없는, 천사와 악마가 공존하는, 무수히 많은 감정의 건반으로 이루어진 연주하기 힘든 악기라는 것을 살아가면서 절실하게 느끼게 되었다. 그녀는 상처 밑에 감추어 두었던 본능의 비늘을 번뜩이기 시작했다. 그녀는 철저히 현실적인 여자였다. 그녀에 대한 회의는, 부당하게 해직 당하고 나서, 처절하게 신음하며 혼자가 되어 가는 동안 더 짙어졌다.

"어쨌든, 사랑할 수 있는 대상이 있다는 건 행복한 일이지. 사랑한다는 것은, 천국을 살짝 엿보는 일이라고 하지 않느냐…… 나는 너희들의 사랑이 영원하기를 바란다. 영원하고 싶어도 영원할 수 없는 것이 인간이기는 하지만. 남녀의 사랑은 더욱 그런 것 같고."

"어째서요, 아버님? 왜 남녀 간에 영원한 사랑이 없어요? 세상에 알려진 감동적인 사랑도 많이 있지 않아요?"

"글쎄다…… 플라톤에 보면, 남녀는 원래 한 몸이었다는구나. 양성이 조화가 된 행복한 상태로. 그래서 인간은 어떻게 하면 자기들을 창조한 신처럼 죽지 않고 영원히 살 수 있을까만을 생각하게 되었단다. 그러니까 신들이 자신들의 존재에 대한 위기감을 느끼고, 남녀를 분리시켰다는구나. 그냥 떼어 놓기만 하면 금방 붙어버리니까, 제 짝을 바로 찾지 못하도록 마구 뒤섞어 놓았대. 그래서 인간은 일정한 연령이 되면 잃어버린 자기 짝을 그리워하게 되고, 평생을 찾아 헤맨다는 거지. 그런데 불행하게도 이 세상에서 완전한 자기 짝을 찾는 부부는 하나도 없다는구나. 아, 이게 내 짝이구나 싶어 결합하여 살다보면 시간이 갈수록 자꾸 안 맞는 부분이 생겨나는 거지."

"하긴…… 제 대학 친구 중에 그런 애가 있었어요. 독신주의잔데…… 결혼이란 건 평균 수명이 이십 오세인 원시인들이 생각해낸 개념이고, '검은 머리가 파뿌리가 될 때까지'라는 건 고작해야 사, 오년이라는 거예요. 어차피 결혼은 종족 보존을 위한 조물주의 미끼고, 농간이라는 거예요.

그렇다면, 저희도 오 년의 유통기한이 지나가고 있는 건가…… 여보, 그건 아니지?"

큰며느리가 장난기 어린 눈으로 큰아들을 빤히 바라본다. 큰아들이 강청의 안색을 살피며 어색한 어조로 짐짓 언성을 높인다.

"아버님 앞에서…… 지금 뭐 하자는 거야?"

강청이 웃으면서 얼른 큰아들의 말을 막는다.

"아, 아, 보던 예배나 계속하자. 빨리 건배사 해라. '사바지'라고 했나?"

"예, 아버님! 사랑은 바로 지금부터!"

"그래. 지금이 중요하지. 사랑의 고백도, 약속도, 내일로 미루었을 때는 이미 그 사람은 떠나갔거나, 다른 사람과 사랑을 시작했을 수 있으니까. 자, 그럼 건배를……."

"네, 아버님. 사바지!"

"사바지!"

강청은 힘차게, 큰아들은 겸연쩍게, 큰며느리의 건배사를 복창한다. 강청은 아내를 생각하면서 씁쓸하게 잔을 입으로 가져간다.

4

진도대교를 지나고 진도 읍내를 지나 팽목항으로 가는 좁은 지방도로로 들어서자 차는 속도를 내지 못한다. 야산과 들판을 옆에 끼고 꾸불꾸불 이어진 길은 포장도 제대로 되어 있지 않다. 포장이 패어나간 길을 덜컹거리며 달리다 보면 농로 같은 비포장 도로가 이어지곤 한다. 갯벌을 연상케 하는 황량한 산야에 가끔 낡은 집들이 몇 채씩 을씨년스럽게 옹송그리고 앉아 있는 것이 보인다.

광주를 지날 때부터 찔끔거리던 비는 팽목항이 가까워지면서 추적추적 내리기 시작했다. 빗발은 굵어졌고 바다 쪽에서 불어오는 바람이 간간이 차창에 비를 흩뿌려 놓는다.

"빗발이 굵어지는데요…… 우산을 준비하기를 잘 했네요."

뒷좌석에 앉아 있던 다혜가 혼잣말처럼 말한다. 용주가 운전을 하면서 다혜의 말을 받는다.

"우산 준비는 기본이지. 비가 오지 않은 날이 며칠이나 돼서……."

용주의 말대로 올 장마는 늦게까지 지루하게 계속되고 있다. 반짝 날이 개는가 싶으면 이삼일이 멀다 하고 구름이 몰려와 설움에 겨워 울음을 못 참는 어린애처럼 찔끔찔끔 비를 뿌리거나 폭풍우를 몰고 온다. 변덕스러운 날씨 때문에 세월호의 수색 작업은 한없이 늦어지고 있다. 배가 침몰한 지역이 난기류 지역이어서 기상 상태가 좋지 않은 날은 작업이 불가능하기 때문이다. 사고 해역에 그물망을 치고 수색 작업을 벌이고 있지만 마지막 열 명의 실종자는 물론, 실종자의 유류품도 제대로 찾아내지 못하고 있다. 유족들은 말할 것이 없고, 정부도 국민도 지칠 대로 지쳐 있고, 여론마저 엇갈려 나라가 의견충돌로 하루도 잠잠할 날이 없다.

강청이 용주와 함께 또 팽목항을 찾은 것은 다혜의 간청 때문이다. 용주가 신부가 되기 위해 신학교에 입학하기 전에 팽목항에 가자고 하는데 동행하지 않겠느냐고 강청의 의사를 물었지만, 다혜의 어조에는 거절할 수 없는 애원이 담겨 있었다. 용주 오빠가 직장을 그만 뒀어요. 신학교에 들어간대요. 신부님이 되겠대요. 연주에 대한 애절한 사랑은 알지만, 안타까워요! 후회 없는 선택이 될 수 있을까요, 교수님! 아, 너무 큰 시련을 주시는 거 같아요, 너무……. 다혜의 울음 섞인 음성은 용주를 염려해서라기보다 그녀 자신의 안타까운 속내를 그대로 표출하는 것이라고 강청은 생각했다. 어쩌면 용주의 극단적인 선택을 막아달라는 간절한 염원이 담긴 요청인지도 모른다는 생각이 들기도 했다. 용주를 향해 타고 있었던 연모의 불씨가 아직도 그녀의 속내에 남아 있다는 것을 알고 있기에.

야트막한 언덕길을 넘어서자 도로가 산기슭을 따라 왼쪽으로 굽어진다. 멀리 팽목항의 풍경이 시야에 들어온다. 컨테이너박스나 조립식으로 지어진 가설물이 비포장도로 오른쪽으로 군데군데 늘어서 있고 멀리 항구 앞으로 바다가 펼쳐져 있다. 바다 앞에 고즈넉이 머리를 조아리고 앉아 있는 섬들이 비속에서 렌즈의 초점이 안 맞은 영상물처럼 흐려 보인다.

강청은 비에 젖고 있는 창밖의 가설물들을 바라본다. 분향소나 유족들이 기거하는 시설물로 쓰였던 가설물들은 비를 맞으며 옷매무새가 단정치 못한 광녀처럼 널브러져 있다. 승용차가 몇 대 도로가에 세워져 있지만 사람들은 보이지 않는다.

"사람들이 하나도 안 보이는데요."

차가 항구의 방파제 앞에 이르렀을 때 용주가 입을 연다.

"분향소도 철거됐고, 유족들이 떠났는데 이런 날씨에 누가 찾는 사람이 있겠어…… 여객선이 빈번이 드나드는 항구도 아니고."

사실 말이 항구지, 인근 섬에 사람을 실어 나르는 작은 여객선이 하루에 몇 번 들락거리는 오지의 작은 갯마을에 지나지 않는다는 것을, 낡고 작은 여객사무실 건물과 그 옆에 게딱지같이 오종종하게 빌붙어 서있는 몇 채의 집들이 대변하고 있는 성싶다.

강청은 차에서 내려 방파제 쪽으로 걸음을 떼어놓는다. 노란 리본과 애절한 사연이 담긴 현수막은 방파제 끝에 세워진 등대까지, 추모의 물결처럼, 정부의 무능을 성토하는 시위대처럼, 끝없이 이어져 바람에 펄럭이고 있다. 보고 싶다 아들아. 차디찬 바다 속에 있는 널 생각하면 가슴이 찢어진다. 그리운 얼굴들, 꼭 가족의 품으로… 간절히 부탁드립니다. 학교로, 집으로 돌아가고 싶어요. 남편의 뼛조각이라도 찾아서 따뜻한 하늘나라로 보내주고 싶습니다. 세월호를 인양하는 것은 대한민국을 인양하는 것. 강청은 현수막 앞을 지나쳐 가면서 눈시울이 뜨거워지고 가슴이 아려 와서 발을 멈추고, 세월호가 수장되어 있는 바다 쪽을 침통하게 바라본다. 용주와 다혜도 걸음을 멈추고 맞은편 세월호가 수장되어 있는 바다로 시선을 가져간다. '남편의 뼛조각이라도 찾아서 따뜻한 하늘나라로 보내주고 싶습니다' 현수막의 그 염원은 바로 용주의 비통한 심정을 대변하는 것일 거라는 생각에 강청은 마른침을 쓰게 삼킨다. 강청도, 용주도, 다혜도 갑자기 넋이 나간 사람들처럼 할 말을 잃고 빗방울이 다투어 익사하고 있는 바다를 주시한다.

"연주야아! 뭐 하고 있어! 어서 나와아, 나오라구우!"

갑자기 용주가 바다를 향해 절규한다. 그 절규는 오열로 이어진다.

"아냐! 이건, 아냐! 하느님, 하느니이임! 당신의 뜻은 무엇입니까아! 어쩌자고 착한 연주를, 불쌍한 연주를 데려가셨습니까아아!"

강청은 심장을 쥐어짜내는 듯한 용주의 절규를 애써 가슴에서 밀어내며 세월호가 수장되어 있는 바다 쪽만을 망연히 바라본다. 세월호가 수장된 바다 앞 쪽으로 크고 작은 섬들이 을씨년스럽게 어깨를 포개고 둘러서있다. 섬은 옅은 운무 속에서 잔뜩 얼굴을 찌푸리고 '낸들 어쩌겠소.' 하고 강청에게 푸념을 하는 것 같은 느낌이 든다. 강청은 어금니를 지그시 물고 언젠가 연주가 들려준 성경 구절을 떠올리며, 나지막이 "달리다 굼!" 하고 외친다. 마가복음 5장 35절이라고 했던가. '아직 나이 12살밖에 되지 않는 딸자식이 죽을병에 걸려 고통 받고 있는 것을 지켜보던 회당장 야이로가 예수님께 찾아와 자식의 병이 낫기를 간청합니다. 그런데 예수님이 그 집에 가기도 전에 그 아이가 죽었습니다. 그러나 주님은 죽은 소녀가 있는 방으로 들어가서 손을 잡고 달리다굼 하셨더니 죽은 아이가 벌떡 살아 일어났어요. '달리다굼'이란 히브리말로 사용된 아람어인데 그

뜻은 '소녀야 일어나라'입니다.'

연주는 회당장 야이로의 딸을 살린 것 말고도, 나인성 과부의 아들 젊은 청년이 죽어 장례를 치루고 있을 때 그를 살려 준 것과 베다니마을 마르다와 마리아의 오라비였던 나사로가 죽은 지 3일이 지났는데 그를 살려 준 예를 들으며, 강청도 달리다굼의 기적과 구원의 복음을 받아들였으면 좋겠다고 했다. '그런데 이상하게도 이 세 부활사건의 공통점은 예수님께서 그들 시체를 향하여 '일어나라', '달리다굼'이셨고, 예루살렘성전 미문의 앉은뱅이를 향하여 베드로가 '은과 금은 없거니와 내게 있는 것으로 네게 주노니 나사렛 예수 그리스도의 이름으로 일어나라' 말씀하신 것도 달리다굼입니다.'

강청은 다시 '달리다굼'을 나지막이 침통하게 중얼거리다가, 가슴 속에서 치밀어 오르는 격정을 참지 못하고, 목이 터져라 달리다굼을 외친다.

"달리다굼!"

"달리다구움!"

"달리이다 구우움!"

강청의 절규가 용주의 감정을 더 자극했는지 용주가 피울음 같은 울분을 토해낸다.

"달리다아 구우우으움! 달리다구우움! 뭣들 하는 거예요오! 주님 말씀이 안 들려요오! 어서 일어나 나오지 않구우, 뭣들 하느냐구우우! 으흐흐흐윽!"

다혜는 울음을 터트릴 것 같은 침통한 얼굴로 용주를 망연히 바라본다. 강청은 반쯤 넋이 나간 사람처럼 운무가 어린 바다를 바라보다가 불현듯 공무도하가의 한 구절이 뇌리를 스친다. 공무도하(公無渡河) 공경도하(公竟渡河). 임이여 물을 건너지 마오. 임은 그예 물을 건너고 말았네. 강물을 건너가는 미친 남편을 뒤쫓아 온 아내가 만류하다가 남편이 물에 빠져 죽자 아내도 뒤따라 물에 몸을 던져 목숨을 끊었다는 슬픈 설화가 담긴 노래, 공후인(箜篌引). 물은 '만남과 헤어짐'의 상징. 산 자와 죽은 자를 가르는 이별의 의미. 아내도 따라 물에 빠져 죽음으로써 물은 남편과 새로운 차원의 만남을 성사시키는 만남의 이미지를 지니고 있다고, 공무도하가를 강의하면서 학생들에게 한 말이 그의 가슴을 치고 온다. 어쩌면 용주가 세속의 삶을 정리하고 신부가 되려는 것은 연주와의 새로운 차원의 해후를 갈망하기 때문이 아니겠는가. 다혜는 용주더러 제발 그 강물에 뛰어들지 말라고 말없이 애소하고 있고. 그러나 언젠가는 뛰어들어야 할 강물. 또 다른 세계로의 통로. 통과의례. 꿈속에서 연주가 한 말대로, 죽음은 단지 존재의 큰 틀에서 보자면, 이웃마을로 이사를 가는 정도의 형상의 변화일 뿐일지도 모른다는 생각에 강청은 조금 마음이 가벼워진다. 그러면서도 밀려오는 허탈감을 주체하지 못하고 보이지 않는 생의 실체를 더듬어 찾듯이, 눈에 힘을 주고 운무에 가려 있는 섬 쪽을 뚫어지게 바라본다.

5

"그래도…… 감성돔이랑 전복한테 예의는 표해야 하는 거 아닌가?"

강청이 상 위에 가득 차려진 음식을 바라보며 말하자 다혜가 짐짓 놀란 표정을 짓는다.

"아침부터 또 드시게요. 엊저녁에 그렇게 오래까지 드시구요!"

이번에는 용주가 젓가락으로 새우튀김을 집으려다 말고 다혜의 말을 받는다.

"이건 예의가 아니지, 남해 용왕님한테…… 얼른 시켜, 소주 한 병!"

"머야…… 오늘도 내가 운전해야 하는 거야?"

다혜가 눈살을 찌푸리고, 그러나 싫지 않아하는 미소를 입가에 띤다.

어제 진도에서 나와 강진에서 늦은 점심을 먹고 나서부터는 다혜가 계속 남해의 미조항까지 차를 몰았다. 용주도 강청도 반주로 시작한 술이 과해서 운전을 할 수가 없었다. 비는 계속 찔끔거리고, 마음은 무겁고…… 심화를 다스리는 데는 술 말고 선택의 여지가 없었다. 용주는 밥그릇에는 수저를 대는 둥 마는 둥 하고 연신 술잔을 비우면서 강청에게 잔을 내밀었다. 강청은 갈 길이 걱정이 되면서도 용주의 심경을 헤아리면서 잔을 받았다. 다혜가 강청의 마음을 아는지 운전은 자기가 할 테니까 편하게 마시라고 했다. 강청이 여의치 않으면 강진에서 묵고 함께 마시자고 잔을 권해도 다혜는 아직 시간이 많이 남았으니 남해에 가서 같이 마시겠다고 사양했다. 사실 강진에서 남해까지는 먼 거리였다. 더구나 남해의 끝이라는 미조항까지는 시간이 더 많이 걸렸다.

남해의 미조항에서 일박을 하자는 제안을 한 것은 강청이었다. 처음 계획은 보성 다비치콘도에서 일박을 할 예정이었으나, 강청이 일정이 되면 남해 미조항까지 가서 일박을 하면 어떻겠느냐고 제안했다. 두 사람은 동의했고, 특히 다혜가 한국의 나폴리로 불릴 만큼 미항이라는데 가보고 싶다고 찬동했다.

강청이 미조항을 제안한 것은 미조항의 풍광 때문이 아니었다. 사실 강청이 본 미조항은 소문만큼 미항이라고 극찬할 정도는 못 되었다. 상상양떼목장 편백숲, 독일 마을, 해안도로를 낀 동백숲 등등 미조항과 어우러진 주변의 바다가 아름다운 것이지 항구 자체는 특별한 것이 없었다. 강청에게 특별하게 각인된 것은 방파제였다. 바다 끝 멀리 점점이 떠 있는 섬을 향해 길게 누워, 온몸으로 낙조를 맞아드리며 밀려오는 파도를 무심히 보듬어 안아 들이는, 해질녘 방파제의 아득한 모습이었다. 그리고 그것은 강청의 가슴 속에 애잔한 그리움으로 철썩이고 있는 어머니의 잔영이었다.

삼 년 전, 지리산의 산수유가 꽃눈을 틔우고 섬진강 매화꽃이 눈을 뜨는 봄에 어머니를 모시고 일박 이일로 남도 여행을 했다. 지경민 화백과 함께였다. 강청보다 몇 년 연상인 지 화백은 독신으로 궁핍한 생활에 노모를 모시고 외롭게 살고 있었는데, 강청이 어머님들을 모시고 효도 여행이나 한 번 하자고 제안했더니 흔쾌히 동참했다. 아침 일찍 출발했는데도, 지리산 산수유 마을에서 점심을 먹고 하동 섬진강 매화 축제를 보고 남해 상주를 거쳐 미조항에 도착했을 때는 석양 무렵이었다. 먼저 국토 최남단에 위치한 방파제를 보기 위해서 항구 뒤편에 있는 방파제 앞의 공터에 차를 세웠다. 지 화백과 강청은 다리가 불편한 두 노모를 부축하다시피 하여 방파제의 계단을 올라갔다. 방파제는 수백 미터 앞에 설치된 등대까지 길게 다리를 뻗고 있었다. 낙조가 내리고 있었고, 높지 않은 파도가 보채는 어린애처럼 방파제에 밀려와 찰싹거렸다. 강청은 등대가 있는 방파제 끝에서 멀리 부표처럼 점점이 떠있는 섬들을 경이롭게 바라보며 경탄을 하는 어머니의 귀에 대고 "여기가 우리나라에서 가장 먼 섬 끝이에요." 하고 큰소리로 말했더니, 어머니가 "그래, 네 덕분에 이런 디까지 다 와보는구나. 너 하나 믿구 모진 세월을 참구 살었는디 그래두 이런 날이 오는구나. 니가 핵교를 그만 두게 되니께 하늘과 땅이 딱 달라붙는 거 같았지! 니 맘 고생은 얼매나 더 컸겠냐만은…… 하기사 내가 산 건 산 세월이 아니지……." 하고 길게 한숨을 내쉬었다. 강청은 누에고치처럼 쪼그라든 어머니의 얼굴을 바라보다가, 나오려는 한숨을 들숨으로 들이마시고, 노을이 잦아들고 있는 먼 바다 쪽으로 시선을 돌렸다.

어머니의 삶은 당신 말대로 책으로 쓰면 열권이 모자랄 만큼 고난의 가시밭길이었다. 곤궁한 살림에 사남매를 키우면서 오롯이 가정을 지켜낼 수 있었던 것은 어머니의 피눈물 나는 고통과 희생이 있었기에 가능했다.

"교수님, 강신을 하시지요."

용주가 종업원이 가져온 소주병을 따서 강청의 앞으로 내밀며 잔을 받으라고 한다.

"아…… 그럴까!"

강청은 회상에서 깨어나며 얼른 소주잔을 내민다. 술잔을 받고 용주의 잔에도 술을 채워준다.

"다혜도 참례는 해야지?"

강청이 소주병을 들고 다혜를 바라보자 그녀가 손사래를 친다.

"저는 말을 몰아야지요."

"집배만…… 주님 은총을 마다하고 어떻게 평강을……."

"정말 그 스승에 그 제자네요."

다혜가 눈으로 웃으며 잔을 내민다.

"자, 그럼 개미 눈물만큼만……."

강청이 소주잔에 술을 반만 따르자 다혜가 큭, 하고 웃음을 터뜨린다.

"머예요…… 제 신앙심을 모독하시는 거 아니세요? 잔은 채워주셔야지요."

"미안, 미안! 미욱한 사제가 그만 실수를…… 자, 오늘 하루도 주님의 은총이 함께 하시기를!"

용주와 다혜가 들고 있는 잔을 강청의 잔에 부딪치고 입으로 가져간다. 다혜가 잔을 반쯤만 비우고 상에다 놓으며 강청을 걱정스럽게 바라본다.

"괜찮으신 거예요, 정말? 엊저녁에 열두 시도 훨씬 넘어서 들어오시는 거 같던데……."

"주님만 모신 건 아냐. 간증 시간이 더 많았지."

용주의 대답에 다혜의 눈빛이 반짝 빛난다.

"간증요? 무슨 간증을 그렇게 오래……."

"간증뿐만 아니라 고해성사도 있었지."

"누가? 오빠가 교수님한테?"

"아니."

"그럼 교수님이 오빠한테……."

용주가 긍정도 부정도 아닌 묘한 미소로 대답을 대신하자 다혜가 재차 묻는다.

"무슨 고핸데?"

"교수님도오…… 연주우르을…… 사랑하셨대!"

순간, 다혜의 표정이 굳어지더니 강청을 멀거니 바라본다.

어제 미조항에 도착한 것은 오후 일곱 시가 조금 넘은 시각이었다. 항구 근처의 언더배기 민박집에 방을 두 개 얻어서 숙소를 정하고 바로 저녁 식사를 하러 식당으로 내려왔다. 배가 정박해 있는 해안가의 횟집에서 회와 매운탕을 시켜 술을 곁들여 저녁 식사를 했다. 다혜는 식사를 한 뒤 술자리가 길어질 것 같으니까 피곤하다면서 먼저 자리에서 일어났다. 먼 거리를 운전을 하고 왔으니 피곤하기도 할 것이었다.

다혜가 숙소로 돌아가고 나서 두 사람은 자정이 넘도록 술을 마셨다. 그러나 용주 말대로 술보다 대화로 더 많은 시간이 흘렀다. 시국 얘기, 세월호 얘기를 하면서 울분을 토하는 용주의 말을 들어주다가, 강청은 슬며시 용주의 신학교 입학 문제로 말머리를 돌렸다.

"이번 결정…… 충분한 숙고 끝에 한 거겠지?"

"예에……?"

용주가 멈칫하면서 강청을 빤히 바라보았다.

"……."

"뚱딴지 같이 웬 신학교냐구요?"

"……."

"아벨라르아 엘로이즈의 흉내를 내는 게 아니냐는 말씀이신가요?"

"글쎄……."

강청도 용주가 반문하고 있는 아벨라르와 엘로이즈의 사랑에 대해서 잘 알고 있었다. 12세기 프랑스의 유명한 철학자 피에르 아벨라르와 엘로이즈의 사랑을. 아벨라르는 39세 때 자신보다 17세 젊은 아가씨 엘로이즈와 사제 간으로 만나게 되어 곧 사랑에 빠진다. 노트르담 참사 회원인 아벨라르에게(당시 노트르담 참사 회원은 독신주의자여야만 했으므로) 아름답고 똑똑한 엘로이즈의 교육을 한 점 의심 없이 맡긴 그녀의 삼촌은 사랑에 빠져 이미 아이를 임신 중인 두 사람에게 분노하여 자객을 보내 아벨라르의 남성을 자르게 한다. 그 후 아벨라르는 수도원으로 들어가 버리고 그의 권유를 받아 엘로이즈도 수녀원으로 들어가게 된다. 그들은 아벨라르가 엘로이즈보다 21년 먼저 죽을 때까지 한번도 만나지 못한 채 편지만으로 사랑을 유지한다. 그리고 엘로이즈가 죽으면서 아벨라르의 무덤 안에 둘을 같이 묻어달라는 유언을 남긴다. 전설에 따르면 엘로이즈를 묻기 위해 무덤을 열자 오래 전에 죽은 아벨라르가 한 팔을 뻗어서 그녀를 감싸 안았다고 한다.

"꼭 그런 건만은…… 아니구요……."

"그럼 뭔가? 마태복음 12장의 말씀이지 아마…… 어미의 태로부터 된 고자도 있고, 사람이 만든 고자도 있고, 천국을 위하여 스스로 된 고자도 있도다. 이 말을 받을만한 자는 받을지어다. 그런 연고인가?"

"……."

"아니면, 성아우구스티누스의 신국론에서 말하는, 낡은 사람의 옷을 벗고 새 사람의 옷을 입으려는 깨달음인가?"

"신국론요?"

"아우구스티누스는…… 사람은 다 태어날 때 낡은 사람으로 태어난다고 하지 않았는가. 말하자면, 사람을 땅의 사람과 천국의 사람으로 나누는데 땅의 사람은 낡은 사람이고 천국의 사람은 새 사람이라는 거지. 아담과 이브가 선악과를 따먹고 에덴동산에서 추방당한 후, 인간은 여자의 자궁에서 끊임없이 태어나는데 이는 땅의 사람으로, 성령으로 거듭나야만 비로소 새 사람, 천국의 사람이 된다는 거 아닌가? 원죄, 그렇지! 원죄를 사함 받아야 성령으로 거듭나 천국의 사람이 된다는 건데, 원죄설을 처음 주장한 것도 아우구스티누스 아닌가? 원죄를 짓게 한 선악과, 그것은 바로 성욕이라는 주장을 한 것도."

"그런 말씀이라면……."

용주가 싱긋 웃으며 말을 이었다.

"로마서 12장 11절로부터 14절 말씀이 더…… 밤이 깊고 낮이 가까이 왔으니, 그러므로 우리가 어두움의 일을 벗고, 빛의 갑옷을 입자. 낮에와 같이 단정히 행하고, 방탕과 술 취하지 말며, 음란과 호색하지 말며, 쟁투와 시기하지 말고, 오직 주 예수 그리스도로 옷 입고, 정욕을 위하여 육신의 일을 도모하지 말라…… 이런 말씀은 마태복음, 요한복음 등 여러 복음서에 많이 나오지요. 그러나 제가 충격을 받고 이 길을 택한 건…… 연주 아버지라는 사람을 만나고서부텁니다."

"연주 아버지?"

"네……"

용주는 감정이 격해지는지 상 위에 놓인 술잔을 들어, 털어 넣듯이 입 안으로 술을 넘기고 나서 말을 이어나갔다.

"연주의 아버지라는 사람, 악인의 전형 같은 인간입니다. 연주가 그렇게 되고 나서 처음 봤어요. 외간 여자와 눈이 맞아 가정을 버리고 이십 년 동안이나 잠적해 있다가 세월호 피해자들에게 정부에서 보상금을 준다고 하니까 나타난 거지요. 식구들 몰래 가족증명서를 떼어가지고 자기도 어엿한 친권자니까 자기 몫의 보상금신청을 했어요. 연주의 어머니가 너무 원통하고 분하다면서, 그게 어디 인간이냐고 통곡을 하더라구요. 식구들을 그렇게 고생을 시키고도 모자라 딸의 송장 값을 나눠달라니, 악귀도 그런 악귀가 어디 있느냐고 몸부림을 치시더라고요! 생김새도 그렇고, 까라마조프의 형제들, 그 아버지 표드르를 연상시키는 인간이에요! 그런 인간한테서 어떻게 연주 같은 착한 딸이 태어났는지 이해가 안 돼요. 하긴, 표도르 영감한테서 알료샤 같은 아들도 태어났으니까요! 그보다도 더 기가 막힌 건, 유족들이 정부의 굴욕적인 보상금을 거부하는데도 연주의 친권자라는 명분으로 정부의 뜻에 동의를 했고, 정부도 호적상으로 등재돼 있는 친권자라는 이유 때문에 법적인 권리를 인정하고 받아들인 겁니다. 언론에도 보도가 되었어요. 아무리 법리적으로 어쩔 수 없다고 치더라도, 이건 뭔가 정상이 아닙니다! 하느님은, 정의는…… 정말 존재하는 것인지 많이 회의했어요. 그러다가 악에게 지지 말고 선으로 악을 이기라는 성경 말씀이 떠올랐어요. 원수가 굶주리거든 먹을 것을 주고, 입을 것이 없으면 입을 것을 주라, 이는 그의 머리 위에 숯불을 피우는 것이니라, 라는. 최후의 정죄는 하늘나라에서 하신다는……."

"그 말은 아우구스티누스가 '신국'에서 한 말이기도 하지. 그리스도교에 회의하는 로마인들을 위해 쓴 '신국'에서…… 부귀영화를 누리던 로마가 게르만 용병 알라라쿠스에 의해 멸망을 당하자 그 원인을 그리스도교에게서 찾으려고 했지. 삼백 년 전에 그렇게 강했던 로마가 약해지고 망하게 된 것은, 왼뺨을 때리면 오른뺨을 내어주고 일곱 번씩 일흔 번도 더 용서하라는 그리스도교의 나약한 가르침 때문이라는…… 그리스도인에 대한 적대감과 분노의 불길은 걷잡을 수 없이 번져나갈 기세였지. 자기들의 타락과 부패와 안일은 반성하지 않고……. 굶주림을 참지 못한 용병들이 이렇게 굶어죽을 바에야 차라리 로마로 쳐들어가 싸우자고 반란을 일으켰는데, 부패와 안일로 쇠약해진 로마군은 제대로 싸워보지도 못하고 패배했지. 용병들이 로마에 들어가 보니까, 자기들은 제대로 보급도 못 받고 아사 직전에 이르렀는데 로마에는 물질이 넘쳐나고 사치와 향락이 눈

뜨고 못 볼 정도였던 거야. 용병들은 분노하여 로마인들을 무참하게 학살했지. 그러나 돈과 권력이 있는 자들은 다 도망가고 힘없는 하층민들만 참살을 당했지."

"그랬지요. 그래서 그리스교인들에 대한 극심한 적대감을 안타까워하면서 그리스도교의 본질이, 하느님의 뜻이, 진정한 정의는 땅의 나라가 아닌 하늘나라에서 이루어진다는 것을 설득하기 위해 십사 년 간 '신국'을 집필하고, 아우구스티누스는 로마제국의 멸망과 함께 지상에서의 불행한 삶을 마쳤지요. 정의란 각자의 몫을 각자에게 주는 것이라는 정의론을 편 것도, 정의가 없는 국가는 강도떼와 같다고 한 것도 신국론에 나와 있지요. 그런데 땅의 나라에서의 가진 자들은, 없는 자에게 나누어주기보다는 가진 자들이 더 가지려고 하는 욕망 때문에, 지상에서 정의는 이루어질 수 없다고 했고요."

"그것은 예수가 말한 진정한 사랑은 땅의 나라에서는 이루어질 수 없다는 자탄이기도 하지. 새 계명을 주노니 서로 사랑하라, 는 예수의 가르침은 율법이 무엇으로 완성되는가를 말하고 있지. 네 이웃을 네 몸같이 사랑하라, 는 계명 안에 간음하지 말라, 살인하지 말라, 도적질하지 말라, 거짓증거하지 말라는 계명이 다 들어 있고, 그것이 율법과 선지자의 으뜸 강령이라는 거 아닌가. 사랑으로 율법은 완성된다는……. 그러한 말씀은 불경의 유마경에도 나오지. 먹을 것이 공평하면 천하가 다 공평하다는. 스님들이 공양하기 전에 먼저 한 숟갈씩 밥을 모아 새들에게 나누어 주는 것도 자비공덕의 기본 실행이고."

"교수님은 정말……."

용주가 미소를 지으면서 강청을 바라보았다.

"두루만신교의 교주가 되셔야겠어요."

"두루만신교? 사탄이란 말인가?"

"사탄은요…… 존경스럽다는 말씀이지요."

"무슨 존경까지…… 해직 당하고 이십여 년 동안 절간을 떠돌아다니고, 이것저것 책을 읽으면서 내 존재에 대한 탐구랄까, 천착이랄까, 그렇게 허우적거리다보니까 귀동냥을 하게 된 것이지. 그런데…… 내 첫 번째 질문에 대한 대답은 아직 하지 않은 것 같은데?"

"심사숙고 끝에 결정했느냐는…… 그 말씀이신가요? 지금은…… 그냥 이렇게, 흘러가보고 싶어요. 형적이 있는 것은, 모양과 흔적이 있는 것은, 그냥 흘러갈 뿐…… 아닌가요?"

"그렇지. 이승에서 형상이 있는 것은 언젠가는 다 사라지는 것이지. 인간의 육신도…… 이른 아침에 피어올랐다가 때가 이르면 자취도 없이 사라지는 안개와 같이 허망한 존재라고 성경에서 말하고 있지만, 금강경의 마지막 사구게도 같은 뜻이지. '범소유상 개시 허망, 제상비상 즉견여래'. '형상이 있는 것은 모두 허망하다. 눈에 보이는 모든 형상이 실상이 아님을 깨우치면 바로 여래를 보리'라는 그 깨우침은, 십조 구만 오천 사십 팔 자의 대광광불화엄경을 집약한 가르침이지."

용주가 불쑥 강청 앞으로 잔을 내밀었다.

"무슨 간증 시간 같네요. 이 주님도 홀대해서는 안 되는 거 아닌가요?

땅에서의 삶은 땅의 율법을 벗어날 수 없으니까요.”

강청은 말없이 잔을 받았다. 용주가 잔이 넘치도록 술을 따랐다. 강청은 술잔을 받아들고 파도가 철썩이는 유리창 밖을 내다보다가 맞은편 벽에 걸려 있는 벽시계로 시선을 돌렸다. 늦은 시간인데도 몇 패의 술꾼들이 고즈넉하게 깊어가는 밤바다를 배경으로 창가에 앉아 술을 마시고 있었다. 여름 한철의 성수기를 맞아 유원지의 식당들은 거의 철야로 장사를 하고 있는 것 같았다. 강청은 자리를 뜨기 전에 용주에게 하고 싶은 말을 마저 해야 한다는 조급함에 불쑥 참았던 질문을 던졌다.

“그런데 말야…… 이건, 명분이 약한 도피가 아닌가?”

“도피…… 요?”

용주가 강청의 의중을 헤아리려는 듯이 미간을 모으고 빤히 바라보았다.

“자네의 말대로, 이승에 머무는 동안은 이승의 율법에 충실하는 것이 인간적인 삶이 아닐까. 젊고, 누구보다 건강하고, 좋은 유전자를 가지고 있는 자네가 원죄의 욕구를 신앙으로 승화시킨다는 건…….”

“정욕이 불같이 타는 것보다 혼인하는 것이 나으니라, 그 말씀이신가요?”

“성직자들이 본능의 욕구를 자제하지 못해서 파멸하는 경우를 종종 보게 되는데, 드러나지 않아서 그렇지, 빙산의 일각일 거야. 그보다도, 신앙은 내면의 문제지, 외면적인 형식이 본질이 아니라고 생각하는데…… 루터가 주위의 만류에도 불구하고, 16년 연하의 전직 로마 가톨릭교회 수녀인 카타리나 폰 보라와 결혼한 것도 그런 신념이 있었기 때문이 아닐까?"

용주가 입 꼬리에 비틀린 웃음을 매달았다가

"그렇다면……."

하고 천천히 말을 이어나갔다.

"장가가도 죄 짓는 것이 아니요, 처녀가 시집가도 죄 짓는 것이 아니로되, 이런 이들은 육신에 고난이 있으리니, 나는 너희를 아끼노라, 혼인하지 않은 자들과 과부들에게 이르노니, 나와 그냥 지내는 것이 좋으니라. 이 말씀으로 이해하시면 어떨까요?"

"어쩐지…… 자네의 선택이, 연주와 이루지 못한 결혼을 하늘나라에서 이루려는 의도 같은 생각이 들어서…… 로마서 7장이지 아마…… 너희는 율법이 사람의 살 동안만 그를 주관하는 줄 알지 못하느냐, 남편 있는 여인이 그 남편 생전에는 법으로 그에게 매인 바 되나, 만일 그 남편이 죽으면 남편의 법에서 벗어났느니라, 그러므로 만일 그 남편 생전에 다른 남자에게 가면 음부라 이르되, 남편이 죽으면 그 법에서 자유케 되나니, 다른 남자에게 갈지라도 음부가 되지 아니 하느니라…… 하늘나라에서는 장가가는 일도 시집가는 일도 없다…… 어렵겠지만…… 이제 연주의 영혼을 자유롭게 놓아주는 것이…… 두 사람을 위해서…… 내가 하고 싶은 말은, 그뿐이야."

용주의 억양이 갑자기 높아졌다.

"연주에게서…… 연주에게서 자유로워지라구요?"

용주는 격해지려는 감정을 억누르려는 듯 침을 꿀꺽 삼켰다. 강청은 그런 용주를 바라보면서 망설이다가 꿈 얘기를 꺼냈다.

"언제가 연주가…… 꿈속에서 말했어……."

"꿈속에서요?"

"응…… 이제 자기를 그만 놓아 달라고. 나도, 용주도 그만 자기한테서 떠나달라고……."

"연주가 꿈에 나타났어요?"

"가끔 연주 꿈을 꾸었지."

"여러 번이나요?"

용주가 의아한 눈빛으로 강청을 바라보았다. 강청은 머뭇거리다가 조금 어눌한 음성으로 말했다.

"나도…… 연주를…… 많이 사랑했나봐……."

"……."

"연주가…… 애절하게 말했어. 이제 그만 제게서 떠나달라고. 그냥 자유롭게 놔달라고, 우리는 하느님의 더 큰 사랑 안에서 이미 공존하고 있다고. 살고 있는 마을이 다를 뿐, 언젠가는 나도 자네도 연주가 사는 동네로 이사 올 거 아니냐고……."

강청은 말을 멈추고 길게 한숨을 내쉬었다. 용주도 감정이 동요되는지 신음처럼 짧게 후우, 하고 숨을 몰아쉬었다.

"그러면서, 나를 애틋하게 바라보면서 '교수님도 이제 용서하고 자유로워지세요! 용서는 타인을 용서하는 것이 아니라, 바로 자신을 용서받고 자유로워지는 거예요'라고 말하더라고. 꿈을 깨고 나서도 그 말이, 오래 동안 이명처럼 귓가에서 맴돌더라고……."

"연주다운 생각이네요. 연주가 교수님을…… 교수님의 외로움을 많이 걱정했어요…… 쬐금 질투가 느껴질 정도로요. 교수님도 연주한테 특별히 관심이 있으신 거 같고…… 하기야 사랑은 누구도 가둘 수 없는 자유의지 아니겠어요. 모든 것을 초월할 수 있는……."

용주는 말을 해놓고 계면쩍은지 멋쩍게 웃으며 강청의 표정을 살폈다. 강청도 용주가 자신의 속마음을 들춰보는 것 같은 생각에 계면쩍게 웃었다. 용주에게 미안한 생각이 들어서 나온 감정 표현은 아니었다. 연주에게 이끌렸던 감정과 남다른 관심이, 사제의 정이 아닌 이성적인 것에서 연유한 것이라고 하더라도, 의도적이거나 불순한 동기에서 비롯된 것이 아니기 때문에 죄책감을 느껴야 할 이유는 되지 못할 것이라고 생각했다. 더욱이 그러한 감정이 싹이 튼 것은 용주가 연주와 연인의 관계로 발전하기 훨씬 전이었다. 그보다도 용주 말대로, 이성에 대해 느끼는 사랑의 감정은 상대방이 어떤 외형적인 조건에 놓여 있던 자연발생적이며 정죄의 도마에 올려놓아야 할 성질의 것은 아니라고 생각했다. 아름다움은 누구에게나 연모의 감정을 불러일으킬 수 있고, 연주는 그러한 호감을 갖게 할 만큼 미모가 출중했다. 앳된 얼굴에 가냘픈 몸매, 연약한 인상을 주면서도 상대방의 마음을 꿰뚫어보는 듯한 그윽한 눈빛, 따뜻한 배려가 호감을 유발하기에 충분했다. 강청도 솔직히, 첫 강의에서 연주를 보는 순간, 유년시절에 가슴 태우던 소녀를 재회한 듯한 감정의 흔들림에 잠시, 자신도 모르게 얼굴을 붉혔다. 오랜 세월 동안 위악한 인간들과의 싸움에서 몹시 지쳐 있던 그는 고독했고, 내심 헝클어진 감성을 빗질해 줄 순연한 사랑의 손길을 갈망하고 있었기 때문에, 더 그런 감정과 맞닥뜨리게 된 건지 몰랐다. 연주 역시 함께 하는 시간이 많아지면서 강청의 외롭고 특별한 삶에 연민과 관심이 깊어진 것 같았다. 그렇다고 해도 그 밤의 일만 생기지 않았더라면, 바람은 그냥 그의 심장을 스쳐 갔을 뿐, 순연한 애련의 지문으로 남지는 않았을 것이다.

달빛이 흐드러진 밤이었다. 배 밭이었다. 그 날도 연주와 함께 배 밭이 있는 학교 뒷산의 비탈길로 해서 오산리 마을로 내려갔다. 연주와 연구실에서 해외 선교 얘기를 나누고 있는데 독일문화정보학과 오장원 교수한테서 핸드폰으로 연락이 왔다. 오산리 마을구판장에서 페미니즘 문학을 연구하는 여 강사와 부흥회를 열고 있는데 아무래도 기도발이 센 교주님께서 축도를 내리셔야 주님의 은혜를 제대로 받을 것 같다면서 강청의 동참을 요청했다. 학생과 면담 중이라니까, 연주와 몇 번 술자리에 동석하여 호감을 가지고 있는 오 교수가 대뜸 "아, 그 예쁜 선교사요! 같이 오세요, 같이!" 하고 환호했다. 오 교수에게 호감을 가지고 있는 연주도 선선히 동참에 응했다.

오산리 마을회관에 내려갔을 때 오 교수는 사십대 중반쯤으로 보이는 여 강사와 어지간히 취해 있었다. 두 사람은 길가 건너편 노인정 옆의 플라타너스 고목이 내다보이는 홀의 창가에 앉아 희희낙락하며 무슨 얘긴가에 열중하고 있었다. 원탁 한가운데서는 고등어 통조림 찌개가 끓고 있었고, 식탁 한 모서리에는 빈 소주와 맥주병이 놓여 있었다. 강청과 연주가 가까이 다가가자 "하여튼 남자들이란 속물들은⋯⋯." 하고 여 강사가 말을 중단하고 시선을 보내왔다. 미모는 아니지만 수수한 인상에다가 눈매에 지적인 예리함이 느껴지는 여자였다. 여자가 강청에게 인사를 하고 연주에게도 뛰어난 미인이라고 찬사를 보낸 뒤 "환상의 사제 간이시네요." 하자, 오 교수가 웃으며 "우리처럼 환상의 바퀴벌레는 아니구?" 하고 농으로 받았다.

석양 무렵에 다시 시작한 술판은 달이 떠오르면서 한층 분위기가 고조되었다. 보름달이었다. 달은 융단 폭격기처럼 읍내 산 너머에서 서서히 떠올라, 푸르스름한 빛을 뿜으면서 마을 앞 들판으로 몰려와서, 어디라 가릴 데 없이 교교한 빛을 사정없이 쏟아 붓고 있었다. 환상적인 달빛이 주흥을 한껏 돋우었다. 그런데 강청에게 걸려온 전화가 고조된 분위기에 찬물을 끼얹었다. 막내 동생한테서 걸려온 전화였다. 어머니의 병세가 아무래도 일주일을 넘기기 어렵겠다는 의사의 통보를 알리는 전갈이었다. 어머니는 두 달째 의식불명 상태로 병원 중환자실에 누워 있었다. 화장실에서 의식을 잃고 쓰러져 있는 어머니를 처음 발견한 것은 이웃에 살고 있는 조카였다. 구급차를 불러 병원으로 옮겼지만 회복이 불가능한 상태였다. 의사는 많아야 2주를 버티기 어렵겠다고 했다. 하지만 어머니의 강인한 생명력은 바람 앞의 촛불처럼 꺼질 듯 꺼질 듯 두 달을 버텨내고 있었다. 비통해 하던 동생들은 차츰 어머니가 식물인간으로 장기간 고생할 것을 염려하였다. 내심 과다한 치료비와 간병을 더 걱정하는 눈치였다. 사실 치료비와 간병을 전담해야 하는 강청으로서도 애통한 심정만으로 마음 편하게 지켜볼 수만은 없었다. 구십의 연세면 수를 다하셨으니, 더 고생하시면서 자식들에게 부담이 되기보다는, 하루라도 빨리 명줄을 놓고 싶으실 거라는 친지들의 위로의 말이 고깝게 들리지 않았다. 그렇다고는 해도 막상 어머니가 한 많은 삶을 마감하고 그의 곁에서 홀연히 사라진다고 생각하니까, 가슴이 먹먹하고 서러움이 울컥 복받쳐 올랐다.

옆에서 통화 내용을 듣고 있던 오 교수가 기차 예매 시간이 되어 역으로 가야한다면서, 호출 택시를 불러 여 강사와 함께 먼저 자리를 떴다. 오 교수는 특별한 일이 없는 한 금요일 오후에 서울 집으로 갔다가 화요일에 학교 교수회관으로 복귀했다. 그 날은 금요일이었다.

강청은 자리를 뜨지 않았다. 연주가 빨리 병원으로 가봐야 하는 거 아니냐고 걱정을 하는데도 남은 술을 마시며 울적한 기분을 달랬다. 사실 당장 그가 할 일은 없었다. 기다림. 어머니를 태우고 갈 이승의 막차가 도착할 때까지 기다리는 것밖에는. 연주도 강청의 상황을 알고 있어서인지, 어두운 얼굴로 대작을 하며 강청을 위로했다.

배 밭길을 선택한 것이 잘못이었던가. 강청은 맥주 두 병에다 반 병 남짓 남은 소주를 타서 마시고 구판장을 나왔다. 달빛이 교교했다. 길은 달빛에 흥건히 젖어 있었고 군데군데 산재해 있는 과수원의 복숭아꽃과 배꽃이 마을의 풍광과 어울려 한 폭의 수채화를 이루고 있었다. 기숙사 샛문으로 통하는 비탈길 배 밭은 흡사 새하얀 홑이불을 널어놓은 듯했다.

강청은 연주와 비탈길을 올라가다가 과수원 길을 선택했다. 배 밭 한가운데로 난 경운기가 드나드는 길이었다. 그 길은 문이 앞뒤로 개방되어 있어서 지름길로 이용되곤 했다. 군데군데 들쭉날쭉 패인 곳이 많아서 달밤이라도 걷기가 편치 않았다. 가지가 휘어지도록 뒤덮인 배꽃 밑은 그늘이 져서 잘 분간이 되지 않았다. 강청은 물론이고 연주도 적지 않은 양의 술을 마셨기 때문에 비탈길을 오르자니 숨이 찼다. 연주가 부축하겠다고 강청의 왼팔에 팔짱을 꼈다. 팔짱을 끼고 비틀거리며 올라가는데 강청의 하의주머니에서 핸드폰이 울렸다. 강청은 오른쪽 하의주머니에서 핸드폰을 꺼내 귀에다 대고 연주가 이끄는 대로 걸음을 옮겼다. 막내 동생한테서 또 걸려온 전화였다. 막내 동생은 뜨악한 목소리로, 큰형수한테서 어머니가 입원한 병원을 가르쳐 달라고 연락이 왔는데 알려줘도 되느냐고 물었다. 강청은 순간 정신이 아득해지는 충격을 받았다. 아내는 이미 강 씨 문중 밖의 사람이라고, 동생들은 생각하는 것 같았다. 강청은 저도 모르게 역정이 나서 "몰라! 끊어! 끊으라구!" 하고 외치다가 발을 헛디뎌 옆으로 쓰러졌다. 그 서슬에 연주도 함께 쓰러졌다. 강청은 보호심리에서 순간적으로 연주의 몸을 감싸 안았다. 연주의 배꽃 향기 같은 몸 냄새가 마취제처럼 코끝으로 싸아 하니 스며들었다. 알 수 없는 슬픔이 밀려왔다. 걷잡을 수 없이 눈물이 솟구쳤다. 연주가 당황하며 몸을 빼려는 것을 어머니의 품에서 벗어나지 않으려는 어린애처럼 울먹이는 목소리로 "그냥 이대로 조금……." 하고 연주의 양 어깨를 잡았다. 연주가 어깨를 잡힌 채 강청의 얼굴을 들여다보며 "지금…… 울고 계신 거예요? 무슨 전화였어요?" 하고 담담하게 물어왔다. 강청은 대답하지 않고 눈을 감은 채 한참 누워 있었다. 강청이 눈을 떴을 때 연주는 강청의 고뇌에 찬 얼굴을 내려다보고 있었다. 강청이 잡았던 연주의 어깨를 놓아주며 "미안해……"라고 겸연쩍게 말하자 "그렇게 슬픈 얼굴 하지 마세요. 할 수 있으면 교수님의 외로움을 나눠 갖고 싶네요." 하면서 손등으로 강청의 눈물을 닦아주었다.

"교수님, 무슨 생각을 그렇게 골똘히 하고 계세요? 연주 생각? 연주는 하늘나라에서도 외롭지 않을 거야……."

다혜가 깊은 생각에 잠겨 있는 강청에게 한마디 툭 던진다. 강청은 회상에서 깨어나며

"어, 아…… 좀…… 연주가 안쓰러워서……."

맥없이 미소를 짓는다.

이번에는 다혜가 용주를 바라보며 묻는다.

"오빠 얘기는 없었어?"

"내…… 내 얘기?"

용주가 조금 당황한 표정을 짓는다. 용주의 입에서 나올 말을 기다리다가 다혜는 작심한 듯 다그쳐 묻는다.

"신학교 입학…… 확고부동한 거야?"

"……."

"왜 대답이 없어?"

"그냥…… 흘러가보는 거지……."

"그냥 흘러가?"

"지금은…… 그냥…… 그러고 싶어……."

용주가 한숨을 쉬며 푸른 바다가 펼쳐져 있는 창밖으로 시선을 돌린다.

강청도 눈 아래 해송이 늘어서 있는 해안가로 시선을 던진다. 썰물인가. 바다가 주춤주춤 뒷걸음치고 있다. 해안까지 밀려왔던 물결이 물러나면서 잠겨 있던 바위섬들이 고래 등처럼 수면 위로 모습을 드러내고 있다.

"그래…… 그냥 흘러가보는 것도 괜찮지…… 환상의 안개가 걷힐 때까지……."

강청이 아스라이 먼 수평선을 바라보며 혼잣말처럼 중얼거리자 다혜가 또 질문을 던진다.

"어떤 환상의 안갠데요?"

"……"

"사랑의 환상? 아닌가요?"

"그렇지, 사랑의 환상에서 깨어날 때까지…… 알고 보면 사랑은…… 상대방에게 투여한 자기의 환상을 사랑하는 것이 아닐까?"

"……"

"안개가 걷히면…… 종국에는 제 모습만 남게 될 거고."

"무슨 말씀을 하고 싶으신 건데요?"

"아우구스티누스의 삶을 잠시 생각해 봤어."

"아우구스티누스요?"

"음…… 용주와 신학교 입학 문제로 대화하다가 아우구스티누스 얘기를 좀 했지. 아우구스티누스처럼 삶에 좀 더 부대끼다가 결심해도 괜찮지 않겠느냐고……."

용주가 강청의 말이 채 끝나기도 전에 단호하게 말을 막는다.

"아닙니다!…… 지금 저한테 이 길밖에는……."

다혜가 어두운 얼굴로 용주를 멀거니 바라보다가, 외면하고, 아스라이
먼 수평선 쪽을 하염없이 바라본다.

6

"야, 씨팔 새끼야! 니가 교수면 교수지, 뭐 잘났다구 또 개 소리야! 니
개새끼 때문에 동네 사람들이 왜 신경 쓰면서 살아야 하냐구!"

옆자리에서 술을 마시던 세 사람 가운데 한 사내가 벌떡 일어나더니, 강
청을 향해 눈을 부릅뜨고 느닷없이 욕설을 퍼붓는다. 깡마르고 작달막한
체구에 검게 그은 피부가 빛바랜 가죽처럼 보이는 늙은 사내다. 곱슬머리
에다 주름살투성이인 얼굴에는 왼쪽 눈가에 칼자국이 나 있고 째진 실눈
안에 담겨 있는 눈동자는 살기가 번뜩인다. 무릎 부분이 헤진 청바지차림
이다. 뒷산으로 바우와 하니를 데리고 산책을 나갔다가 바우의 목줄이 풀
어져서 애를 먹던 날, 강청에게 행패를 부리고 간 바로 그 사내다. 바우는
마을로 내려가 암캐가 있는 집마다 심방을 다니며 소란을 피운 모양이었
다. 사내는 강청을 보자마자 대뜸 육두문자를 써가며, "개새끼를 왜 풀어
놓고 길러! 교수라면서 그런 준법정신도 없어? 이 동네에 너만 못한 사람

하나도 없어! 없다구!" 하고 중죄인을 다루듯 삿대질을 하면서 막말을 해댔다. 강청은 말이 너무 심하지 않느냐고 맞대응을 하려다가 인상도 그렇고, 작정하고 시비를 걸려고 온 것 같아서, 꾹꾹 참고 정중하게 사과했다. 사내는 실컷 화풀이를 하고 나서 기고만장해서 돌아갔다.

바우는 어쩌다 줄이 풀어져서 뛰쳐나가면 좀처럼 잡기가 힘들다. 맹인 인도견인 하니는 풀어놓아도 오십 미터 이상의 반경을 벗어나지 않고 주인 곁에서만 맴도는데, 바우는 저 가고 싶은 곳을 실컷 쏘다니고서야 돌아오곤 했다. 아내와 함께 살 때도 아이들이 울안에서 목줄을 풀어 놓고 놀다가 대문이 열려 뛰쳐나가면 온 동네를 휘젓고 다녔다. 아내가 유방암으로 왼쪽 가슴을 절제하고 퇴원하여 집에서 혼자 있던 날도 바우가 뛰쳐나가 동네에 소동이 났다. 목줄 고리가 빠져 집 밖으로 뛰쳐나간 것이다. 동네 사람의 신고로 119까지 출동했다고 했다. 강청이 마침 밖에 나갔다가 그 시각에 집에 돌아왔더니 아내가 울면서 그에게 고래고래 고함을 질러댔다. "저 개새끼 빨리 없애! 빨리! 나 빨리 죽는 꼴 보고 싶어서 그래? 니가 내 속을 새카맣게 타들어가게 해서, 사람을 이 지경으로 만들어 놓고도 모자라서어, 개새끼한테까지이이, 스트레스 받게 해! 니가 나한테 잘해 준 게 뭐 있어?" 강청은 아내의 악에 받힌 포악을 들으며 비감에 젖었다. 아무리 아내가 생사의 기로까지 갔다가 신경이 날카로워졌다고는 해도, 그의 해직과 누이의 빚보증으로 인해 심적 고통이 컸다고 하더라도, 개에 관한 한 그렇게까지 포악을 퍼부어댈 건 아니었다. '개는 누가 세 마리씩이나 집으로 들였는데…… 같이 살아만 준다면 불구자가 돼도 안방에 모셔 놓고 행복하게 해주겠다던 때는 언제고!' 입 밖으로 터져 나오려는 푸념을 애써 목젖으로 넘기면서, 죽음 앞에서는 인간이 이렇게 나약한 존재가 될 수밖에 없구나, 하는 자괴감에 눈시울이 뜨거워졌다.

"와 이카는교, 시방! 교수님이 뭘 우쨌다꼬 욕을 하고오, 난리를 피는교?"

강청이 어이가 없어서 청바지 사내를 멀거니 바라보고 있으려니까, 주방에 앉아 있던 포항댁이 앙칼지게 다그치며 청바지 앞으로 다가온다. 강청의 맞은편에 앉아 술을 마시던 한용이도 당황해서 포항댁의 말에 가세한다.

"증말! 성님, 갑자기 왜 그래유? 교수님이 성님한티 뭘 잘못했다구 화를 내구 그래유?"

"씨발놈이 또 개 얘기를 하면서 사람을 무시하잖아!"

"뭘 무시했는디유?"

"동네를 발칵 뒤집어놓고 난리를 피운 개새끼 자랑을 우리 앞에서 늘어놓는 건, 우리를 싹 무시하는 처사 아녀?"

"그건 철탑이 교수님더러 어떤 갠디 그르키 애지중지하냐구 물어서 대답한 거 아녀유? 근디 왜 쓸디읍시 껴들어서 승질을 내구 그래유!"

한용이 말이 맞는 말이다. 강청이 오후에 원고를 정리하고 있는데 한용이가 찾아왔다. 철탑이 바다낚시를 해서 잡아온 우럭으로 매운탕을 끓여놓고 봉산슈퍼에서 교수님을 모셔오라고 하니 같이 가자고 했다. 철탑은 한용이의 친구다. 본명은 학준인데 한국 전력의 철탑 공사를 맡아서 한다고 해서 별명처럼 '철탑'이라고 부른다. 사람 좋고 술도 잘해서 가끔 한용이와 술자리를 함께 한다. 철탑 네 집은 봉산슈퍼에서 이삼백 미터 거리에 불과하다.

한용이를 따라 봉산슈퍼 문을 열고 들어서니까 철탑이 홀의 식탁에 앉아 매운탕을 끓여 놓고 기다리고 있었다. 봉산슈퍼는 식당은 아니지만, 상품 진열대 옆 홀에 새참을 먹고 술을 마실 수 있는 식탁이 두 개 놓여 있다. 간단한 주방기구가 놓여 있는 벽 쪽 식탁에는 청바지 섞어 두 남자가 앉아 막걸리를 마시고 있었고, 철탑은 그 옆 식탁에 앉아서 기다리고 있었다. 청바지가 강청을 힐끔 쳐다보았지만 강청은 눈길을 주지 않고 철탑이 앉아 있는 자리로 갔다. 술이 몇 순배 오가고 개 얘기가 나온 끝에 철탑이, 골드리트리버종이 영리한 종이라는 건 알지만 주인이 시키면 절도 하고 만세도 부르는 걸 보니, 하니가 명견은 명견이라고 극찬을 하면서, 진도견도 영리한데 바우도 순종이냐고 물었다. 그래서 바우도 훈련을 안 시켜서 그렇지, 진도견 품평대회에서 우승을 한 혈통 있는 개라고 이야기를 이어가는데, 느닷없이 청바지가 욕설을 퍼부으면서 끼어든 것이다.

"그려유. 개 얘기는 교수님이 먼저 한 게 아녀유. 그리고…… 인격을 존중하셔야지 교수님한테 그렇게 상욕을 막 하시면 어떡 해유."

철탑이 얼굴을 붉히며 못마땅해 하자 청바지가 눈을 부라린다.

"너는 입 닥치구 있어, 씨발놈아! 니들 내 승질 알지?"

강청은 더 두고 볼 수가 없어서 애써 감정을 자제하며 청바지에게 부드럽게 말을 던진다.

"개 얘기라면 지난번에 충분히 사과를 하지 않았나요? 나이를 드실 만큼 드신 거 같은데, 말씀을 좀 가려서 하시지요."

"말씀을 가려? 그래, 그렇다면 구면인데 어른을 보고도 인사 한 마디 없이 싹 무시하는 나, 낯짝으루다 외면을 해? 너 몇 살이나 처먹었어?"

한용이가 어이없어 하는 낯빛으로 볼먹은 소리를 한다.

"내, 차암! 나이유? 교수님이 성님보담 위여유!"

"뭣이여? 몇 살인데?"

청바지와 합석해 있던 두 사람도 의아한 눈으로 강청을 바라본다.

"성님이 올해 몇이셔유? 예순 넷인가 그렇잖유?"

한용이의 말을 듣고 이번에는 강청이 의외의 시선으로 청바지의 얼굴을 살핀다. 아무리 세파에 찌들고 부대껴서 겉 나이를 먹었다고 해도 칠십이 넘어 보이는 인상이다.

"교수님딜 정년이, 만으루다 예순 다섯이라면서유? 재작년에 정년을 하셨응깨, 성님보다는 교수님이 아무래두 서너 살은 위 아닌감유?"

청바지는 대답하지 않고 무렴한지 조금 쑥스런 표정을 짓는다. 청바지 옆에 앉은 콧잔등에 사마귀가 난 사내가 석연치 않은 듯 혼잣말처럼 중얼거린다.

"많아야 예순을 갓 넘겼을까 말까 한 거 같은디……."

"그려, 그렇다면……."

청바지가 한풀 꺾인 목소리로 말한다.

"그 부분에 대해서는 좀 미안하고……."

청바지가 좀 머쓱한 표정을 짓자 포항댁이 얼른 너스레를 떤다.

"됐심니더! 사람이라칸기 다 살다보면 실수투성인기라요! 고만 화해술이나 한잔들 하이소! 같은 동네서 살멘서 와 인상 찌푸리고 살 필요가 있능교!"

청바지 옆에 앉은 또 다른 사내가 일어선다. 술잔을 들고 강청 앞으로 다가오며 술을 권한다. 대머리가 보기 좋게 벗겨진 오십대 중반쯤으로 보이는 사내다.

"제 술 한잔 받으세요. 대신 사과드리지요. 욱일이 형이 성깔이 지랄배기라 그렇지, 나쁜 사람은 아닙니다. 큰형님은 목사시고……."

"쓸데없이 형 얘기는 왜 해…… 그렇게 나이가 많은 줄은 몰랐네…… 앞으루나 조심하슈! 개는 단단히 매 두고! 집에 있는 쇠줄을 갔다가 줄 테니까……."

"조심하겠습니다."

청바지가 의외로 바로 꼬리를 내리자 강청도 부드럽게 말을 받는다. 강청은 대머리 사내의 술을 받아 마시고 막걸리 대신 소주로 답례한다.

"말씀은 들었습니다. 교수 한 분이 개 때문에 동네에 들어와 사신다는 거…… 오늘 뵈니까 인품도 훌륭하시고, 잘 지냈으면 좋겠네요."

대머리 사내는 머쓱하게 한 마디 하고 제 자리로 가서 앉는다. 다시 술자리가 서먹하게 이어진다. 철탑이 강청에게 매운탕을 권한다.

"드셔 보셔유. 별스런 안주도 아닌데 괜히 오시라고 했나봐유."

"별스럽지 않기는…… 직접 낚시해서 잡은 우럭인데…… 고맙지요, 뭐."

옆자리에서도 술잔이 오고 가며 멈췄던 화제가 계속된다.

"얘기하다 말았지만…… 그게 사실이라면 박근혜는 대통령하랬더니 허수아비 노릇만 한 거 아뇨? 이번 제이티비씨가 자료를 입수해서 보도한 게 사실이라면! 최신실이 국정농단 사건 말요!"

대머리의 말에 청바지가 쏘아 붙이듯이 기염을 토한다.

"정치하는 놈들 하는 말 맬짱 헛소린 거 몰라? 무슨 말을 하든지 개소리고, 먹을 것을 주면 아무나 좋아하고, 가끔 주인도 몰라보고 짖거나 덤빌 때가 있고…… 꼭 개새끼들 하는 짓이나 다름없지! 그리고, 이 나라가 이만큼 잘살 게 된 게 누구 때문여! 박정희 대통령이 새마을운동 안 하구 경제개발 안 했으면 어쩔 번했어! 혈혈단신 평생 혼자서 산 노처녀가 뭔 욕심이 있어서 돈 욕심을 내구 부정을 해! 쬐그만 약점 없는 사람이 어디 있어! 괜히 좌파 놈들이 또 지랄 준동을 하는 거지!"

"그래도 증거가 속속 드러나고 있잖아요?"

"증거? 나라라도 말아 먹은 증거? 경제가 말이 아닌데 한눈들이나 팔구 헛소리나 하구 앉았으니, 큰 일여, 큰 일! 어서 술이나 마셔! 또 비 퍼붓기 전에 서둘러서 밭 모종을 끝내야겠어."

"그럽시다. 술자리서 정치 얘기나 종교 얘기는 하지 말라는 거 아닙니까! 나도 고추밭에 가봐야겠어요. 고추가 장마에 물러 터져서 절반 농사도 안 되게 생겼어요!"

청바지네는 바로 술자리를 끝내고 일어선다. 청바지가 강청에게 인사를 하고 나가면서 한용이더러 "형님 잘 모셔라. 인제 나도 좋은 동생 될란다." 하고 씨익, 웃는다. 강청도 덩달아 피식 웃음이 나온다. 포항댁이 지켜보다가 웃음을 보탠다.

"보기가 좋심더! 이캐 사는 게 사는 기지예. 안녕히들 가시라예."

청바지네가 가고 나자 포항댁이 강청 보고 눈웃음을 치며 말한다.

"교수니임, 쪼매 속이 좀 상하셨지예? 마음 푸시소, 마. 타관살이 할라카믄 어쩔 수 없는 기라예. 요새 시골 사람들이 더 무섭다카이! 지도 첨에는 얼매나 텃새 때매 속이 상했는지 몰라예."

포항댁의 말에 철탑과 한용이가 맞장구를 친다.

"맞는 말씀여요. 저는 이 고장 사람인데두, 나가 살다 들어왔다구 은근히 텃세를 해요. 부글부글 속이 끓을 때도 있지만 꾹꾹 참지요."

"그려유. 저는 말할 것두 읎구유…… 황 사장님은 여기 들어와 사신 지 삼십 년이 다 돼 가는디두유, 즈들 비우에 틀리면 알짜가 읎서유, 황 사장님이 동네 복지를 위해서 많이 베풂었는디두 말여유."

"이 동네가 더 유별스럽다카이! 사람들이 우째 갈수록 더 심성이 더 사나바지는지 모르겠다카이! 옛날에는 마, 못 살았어도 순박한 시골 인심이라는기 있지 않았심니꺼? 어려운 이웃 사정을 안타까바 하믄서 돌보아 줄라카는 인정이라는 기이! 안 그렇심니꺼, 교수님? 교수님은 시골 안 살아 보셨심니꺼?"

"나도 시골 태생입니다. 초등학교 일 학년 때 대전으로 이사를 했지요. 생각해 보면, 한국동란이 끝나고 살기가 무척 힘든 때였지만 포항댁 말대

로 사람 사는 맛이 나는 때였지요. 자기 집 끼니가 간 데 없는 형편이면서
도 이웃 집 굴뚝에 연기가 오르지 않으면 양식을 나눠 줄줄 아는 인심이
살아 있었을 때니까요."

강청은 잠시 회상에 젖는다. 다섯 살 때였던가, 여섯 살 때였던가. 그러
니까 휴전 협정으로 한국동란이 끝난 그 다음해였던 것 같다. 이웃집에
전란에 부모를 잃은 강청 또래의 승준이라는 아이가 할머니와 어렵게 살
고 있었다. 지어 먹을 농처도 없어서 할머니가 양철동이에 새우젓을 이고
이 마을 저 마을 찾아다니며 장사를 해서 근근이 연명을 해가는 형편이
라 조석을 끓이지 못하는 날도 있었다. 그런 날이면 어머니가 강청더러
승준 네 집 굴뚝에 연기가 오르는지 보라고 했다. 그러고는 바가지에 보
리쌀을 담아서 승준 네 집에 가져다주라고 했다. 강청 네도 아버지는 공
사판을 따라 타관을 떠돌아다니고, 어머니가 산비탈 밭뙈기를 일구어 어
렵게 식량을 해결하던 시절이었다.

"그래 말예요. 먹고 살기는 나아졌다카지만, 이기 사람 사는 깁니까?
짐승들매키로 욕심에만 눈들이 뻘개가지고, 제 어무이 아베를 알아보나,
형제를 알아보나…… 제 욕심을 채워주지 않는다꼬 부모도 죽이는 세상
이 돼버렸는데 말해 뭐 하겠십니꺼. 말세라예. 부부 관계는 말할 거도 못
되고."

"교수님 앞에서 이런 말씀 드리기는 좀 뭣 하지만, 그 원인은 무엇보다
도 교육이 잘못 돼서 그렇다고 보는데요……."

철탑이 강청의 눈치를 살핀다.

"제 자식만 귀한 줄 알고 오냐 오냐 키우다 보니까, 부메랑으로 돌아오는 거지유. 제 새끼 보는 앞에서 선생님 뺨을 때리지 않나…… 그런 세상이 돼버렸는데 어디서 존경할 만한 선생이 생겨나구 어른다운 어른이 설 자리가 있겠어유. 주제넘은 생각인지 모르지만, 인격을 형성하지 못하는 교육은 참교육이 아니라구 생각해유."

강청은 문득 어린 시절 그의 형제들과 함께 아버지에게 치도곤을 맞던 일들이 떠오른다.

그의 형제들은 자주 싸움을 하면서 성장했다. 싸움의 발단은 대개 형제들 간의 시샘이 원인이었다. 가난하다보니 입고 먹는 기본적인 것부터가 넉넉할 리가 없었다. 옷은 대개 장남인 그에게서부터 밑으로 대물림하기 마련이었고, 색다른 음식이 배분되면 서로 상대방 것이 많다고 승강이질이 붙었다. 그러면 그때마다 아버지의 불호령이 떨어졌다. 아버지의 호령은 대개 육두문자로 시작해서 육두문자로 끝이 났다. 이 개돼지만도 못한 자슥들 같으니! 즈 성제끼리 콩 한쪽도 노나 먹을 생각은 않구 싸움질이나 쳐부셔! 천하 순, 인정머리라구는 쇠털만큼도 읎는 자식들 같으니라구! 어여 그거 한 볼텡이 더 처먹어서 순 살루 가것다, 살루 가것어! 그래도 눈치 없이 형제들 끼리 티격태격이면 그 다음은 아버지의 가차 없는 우악스런 매질이었다. 아버지는 방문을 걸어 잠가 놓고 아버지의 말마따나 콩 타작을 하듯 자식들을 인정사정 두지 않고 매질을 했다. 아이들이 숨이 다 넘어가도록 비명을 질러대도 아버지의 매질이 그치지 않으면 어머니는 방문 밖에서 저 니가 저러다 애들 다 쥑여, 읎는 게 죄지 불쌍한 애들이 뭔 죄가 있어, 하고 고함을 질러댔다. 일이 그쯤 진행되면 항용 그 다음 순서는 어머니와 아버지의 부부싸움이었다. 부부싸움이랬자 아버지는 살림살이를 부수는 일이었고, 어머니는 아버지의 허리춤에 매달려 차라리 자기를 죽이라고 외치며 아버지를 만류하는 일이었다. 한 차례 폭풍이 지나가면 어머니는 부엌아궁이에 쪼그리고 앉아 코를 팽팽 불어가며 치마꼬리로 눈물을 찍어내기에 바빴고, 아버지는 툇마루에 앉아 먼 산을 바라보며 한숨을 발등이 꺼지라고 쉬어대며 연방 죄 없는 담배만 태워 물었다. 그의 형제들은 한쪽 구석에 등을 기대고 앉아 울음을 다 삭히지 못해 느끼를 주다가 또 서로 발로 툭툭 건드리며 너 때매 그랫 마, 아녀 성 때매 그랫 마, 하고 티격태격하면 아버지는 혀를 끌끌 차고는 더 이상 못 봐주겠다는 표정으로 자리를 털고 일어나 휭 하니 사립문 밖으로 나가곤 했다.

아버지는 그런 날이면 으레 술이 거나해져서 식구들이 잠든 집으로 돌아왔다. 아버지의 손에는 대개 그날 때려 부순 밥그릇 같은 세간과 명태 한 코가 들려 있기 마련이었다. 누구네 집에선가 또 변을 내서 멀지 않은 장터에 나가 주점에서 신세 한탄을 하다가 사들고 왔음에 틀림없었다. 아버지는 먼저 등을 돌리고 누워 있는 어머니를 향해 퉁명스럽게 말을 던졌다.

"자는 겨?"

어머니의 대꾸가 있을 턱이 없었다. 아버지는 말없이 식구들이 누워 있는 머리맡에 앉았다. 그리고는 담배 한 대가 손끝까지 타들어가도록 가물거리는 등잔불 밑에서 연기를 내뿜어대다가 등잔 바탕에 담배를 비벼 끄고 잠들어 있는 아이들의 이불을 뒤집어 젖혔다. 아버지는 시퍼렇게 피멍이진 아이들의 아랫도리를 하나하나 점검해 가며 침을 발라 주었다. 아버지는 부르튼 상처에는 담뱃진이 밴 침이 특효라는 믿음을 가지고 있었다. 아버지는 그 일이 다 끝나고 나면 다시 아이들의 이불을 꼭꼭 여미어 주고 한숨을 몇 번 쉰 다음 등잔불을 입으로 불어 끄고 어머니의 옆으로 들어가 누웠다.

한동안 어둠 속에서 침묵은 계속되었다. 강청은 선 잠결에 의식이 또렷또렷 살아나는 가운데 이따금 먼 마을의 개 짖는 소리를 아련히 들었다.

"정말 자는 겨?"

이윽고 아버지의 목소리가 가만가만 들렸다. 아버지가 어머니의 어깨라도 잡아 다니는지 어머니가 다시 몸을 홱 돌리는 것이 이불 스치는 소리로 감지되었다.

"인제 평생 얼굴은 안 보고 살라는 감……"

"믿을 거라구는 달랑 그거 두 쪽배끼 읎는 사람이 변돈은 잘 읃어…… 임시 먹기는 꽂감이 달다구 빚 좋아하다 그나마 죽두 밥두 안 되는 줄은 모르구……"

아버지도 어머니의 속이 좀 풀어진 것이 안심이 되는지 부드럽게 말을 받았다.

"그럼 어쩌…… 당장 손바닥이다 밥을 퍼 먹어?"

"낼이면 또 때려 부실 걸 사면 뭘 햐…… 왜 그라구 죄 읎는 살림살이는 때려 부시는지 모르것어…… 여편네를 아주 죽여버리든지하지……"

"살림은 또 사면 되지만 마누라야 어디 그려"

"쐐 터진 게 여잔디 새장가 들면 되지……"

"워디 임자만한 여자가 흔칸디……"

"어이구, 입술이다 침이나 바르구 해유…… 그라구 왜 애덜한티 그르캐 모지락스럽게 해유…… 한참 날뛸 때는 꼭 우들깽이 같다니끼애……"

"속 모르는 소리 말어…… 자식 귀한 정이야 내가 왜 임자만 못혀서…… 애덜은 혼날 때는 뜨겁게 혼나가면서 커야 햐……오냐오냐 키운 자식 어디 잘 되는 거 봤어…… 낼 아침 알배기 황태루 사왔으니께 무수나 좀 늫구 한 그릇씩 퍼 앵겨……."

밤의 두께가 더해 갈수록 아버지와 어머니의 음성은 나긋나긋 안으로 잦아지면서 숨소리에 층이 져 갔다. 강청은 비몽사몽간의 잠결에서 아버지와 어머니의 숨소리가 고르게 포개어지는 소리와 함께 편안한 잠 속으로 떨어져 들었다.

생각해 보면 어려운 살림 가운데서도 행복할 수 있었던 것은 그런 정 때문이었던 것 같다. 그때와는 비교할 수도 없을 만큼 물질적으로 풍요로워진 지금, 가족 사이에 그런 살가운 정이 흐르고 있는 집안이 얼마나 될까 하는 회의에, 강청은 저도 모르게 한숨이 나온다.

[발문]

한 작가의 새로운 경계

−강태근 장편소설 『잃은 사람들의 만찬』에 부쳐

김종회(문학평론가, 경희대 교수)

한 작가의 새로운 경계
−강태근 장편소설 『잃은 사람들의 만찬』에 부쳐[*]

김종회

(문학평론가, 경희대 교수)

　강태근 작가를 처음 만난 것은, 경희대학교 대학원 박사과정 강의실에
서였다. 필자에게는 학과의 직속 선배이긴 하나 연령의 차이로 함께 학교
를 다닐 기회가 없었고, 어렴풋이 소싯적부터 알려진 그 문명(文名)을 전해
들었을 뿐이었다. 강의실에서의 그는 늘 성의 있고 진중하였으며, 후배들
이 보기에 후덕한 맏형 같은 인상을 주었다.

　그의 은사이자 필자에게도 그러한 고(故) 황순원 선생께서는 그를 특별
히 사랑했다. 경희대에서 역사상 가장 오랜 권위와 전통을 가진 전국고교
문예 현상공모에서, 그는 황 선생의 선(選)을 받았다. 그에 뒤이어 1968년
문예장학생으로 경희대 국문과에 입학했다. 황 선생의 문하에서 1988년

---

* 이 소설은 앞서 발표한 장편 『잃은 사람들의 만찬』의 연작 소설의 성격을 띤 작품이
므로 독자들의 이해를 돕기 위하여 위의 발문을 게재한다.

박사학위까지 모두 마치고 대학 강단으로 출발할 때, 황 선생은 정성어린 추천서를 써주었고 심지어는 백지에 도장만 찍어 추천서 문안을 위임하는 신뢰를 보여주기도 했다. 그런 점에서 강 작가는 스승의 복이 많은 사람이다.

일찍이 충남 논산에서 출생하여 대전 보문고에 진학했을 때, 그는 고교 재학생으로서 제1회 대한민국 학술문화예술상을 수상하는 등 일찍부터 문학적 재능을 드러냈다. 그러나 한 인간으로서의 품성이 신중한 만큼 소설 또한 과작(寡作)이었다. 학위를 마친 후 여러 대학의 소설 창작 및 소설론 강의를 맡고 있으면서 스스로의 창작을 포기하지 않았으며, 예순 중반에 이른 지금도 고려대학교 교수로 적을 두고 있으면서 여전히 현역 작가의 길을 걷고 있다.

그동안 4인 창작집 『네 말더듬이의 말더듬기』와 개인 창작집 『신을 기르는 도시』 등을 상재한 작가 강태근의 소설 세계는, 인간의 외형과 내면이 밀접하게 맞물려 있다고 보고 그 본질의 정체성을 탐색하는 경향이 약여하다. 특히 정신의학적 증상으로 나타나는 여러 병리학적 상황은, 근원적으로 사회·역사적 사건과 상관되어 있다고 판단한다. 그러기에 작가로서 그의 시각은 그 부정적 면모에 대해 침묵하거나 후퇴하지 않고 정면으로 마주선다.

그런가 하면 전통사회의 가부장적 질서 또는 아버지의 상실이라는 주제가 소설적 담화로 어떻게 표출될 것인가에 대한 관심이 깊어 보인다. 이는 우리 민족 전래의 강건한 선비정신, 곧 유학의 정명주의(正名主義)에 잇

대어져 있는 것으로, 문학을 통해 사회 고발이나 사회적 실천의 영역으로 전환될 수 있는 모티프를 포괄한다. 그가 몸담고 있던 사학 재단과의 갈등으로 오랜 세월을 그 현장과 거리와 법정에서 투쟁해온 사실이 그의 소설 세계와도 무관하지 않다는 말이다.

미상불 이 투쟁의 기간을 통하여, 그는 많은 것을 잃거나 유보 당했고 그만큼 심정적 고통도 극한의 지경에 있었을 것이다. 그러나 그 과정을 통하여 어쩌면 인간이 마지막까지 지켜야 할 위의나 정신적 가치와 같은 덕목은, 그 체험이 없는 경우에 견주어 훨씬 큰 진전과 승급을 이루었을 것으로 짐작된다. 이번에 새 얼굴을 보이는 장편소설 『잃은 사람들의 만찬』은 바로 이 사건에 대한 가슴 아픈 자전적 기록이다.

이 소설의 강청은 작가 강청의 심경과 행적을 직접적으로 반영하고 있으나, 그렇다고 해서 그 작중인물이 작가와 동일하지는 않다. 그것은 소설이라는 문학 장르의 존재양식이기도 하다. 하지만 강청이 작가의 절망과 울분, 그 진정한 소망을 담아내기에는 부족하지 않다. 모두 3부로 이루어진 이 소설은 작가 자신의 카타르시스이자 작가의 오래 묵은 육성으로 유사한 사건들에 대해 환기하는 비판의 경종이다. 우리는 한 작가의 생애를 담은 이 소설적 서사를 유의 깊게 성찰해야 할 책무를 넘겨받은 셈이다.

주인공 강청은, 마오쩌둥 사후 중국 문화대혁명 기간에 숙청된 4인방의 우두머리 강청과 이름이 같다. 마오의 세 번째 부인이기도 했던 그의 몰락이 작가에게 어떤 시사점을 던졌는지는 확실하지는 않으나, 중국의 강청 못지않게 이 소설 속의 강청도 사회·역사적 인물로서의 비중을 가졌다. 필자가 바라기로는, 이 소설로 인하여 강 작가가 자신을 금압했던 오랜 굴레를 벗어던지고, 저 해맑았던 소년 수재(秀才)의 초심을 회복하여 더 유암(柳暗)하고 화명(花明)한 창작의 경계를 열어갔으면 한다.

이제 일어나서 가자 1

강태근 지음

발행처·도서출판 **청어**
발행인·이영철
영 업·이동호
홍 보·천성래
기 획·남기환
편 집·방세화
디자인·이수빈 | 김영은
제작이사·공병한
인 쇄·두리터

등 록·1999년 5월 3일
(제1999-000063호)

1판 1쇄 발행·2020년 1월 30일

주소·서울특별시 서초구 남부순환로364길 8-15 동일빌딩 2층
대표전화·02-586-0477
팩시밀리·0303-0942-0478
홈페이지·www.chungeobook.com
E-mail·ppi20@hanmail.net
ISBN·979-11-5860-731-9(04810)
      979-11-5860-730-2(세트)

이 책은 세종시문화재단 과 세종특별자치시 의 후원으로 지원받아 발간되었습니다.